渡航【WATARI wataru】

繪者／ponkan⑧

Contents

1 反正**比企谷八幡**就是一副死魚眼 ______ 006

2 **雪之下雪乃**無時無刻都貫徹自我 ______ 042

3 **由比濱結衣**不時看人臉色 ______ 062

4 儘管如此，**班上**感情依舊融洽 ______ 116

5 換句話說，**材木座義輝**異於常人 ______ 134

6 可惜**戶塚彩加**是個帶把的男兒身 ______ 166

7 有時**愛情喜劇之神**也會做好事 ______ 216

8 然後**比企谷八幡**開始思考 ______ 268

果然我的
青春戀愛喜劇
搞錯了。
①
My youth romantic comedy is
wrong as I expected.
渡 航【WATARI Wataru】
繪者／ponkan⑧
tru
or
fals

果然我的青春戀愛喜劇搞錯了

My youth romantic comedy is wrong as I expected.

登場人物【character】

比企谷八幡………本書主角。高中二年級，個性彆扭。

雪之下雪乃………侍奉社社長，十全十美的美少女，但個性教人不敢恭維。

由比濱結衣………八幡的同班同學，總是看人臉色。

材木座義輝………御宅族，視八幡為同伴。

戶塚彩加……………網球社社員。長相很可愛，可是……

平塚靜………………國文老師，亦身為導師。

果然我的
青春戀愛喜劇
搞錯了

報告用紙

「高中生活回顧」

2年F班　比企谷八幡

青春是一場謊言、一種罪惡。

歌頌青春者往往欺騙自己與周遭的人，正面看待自身所處環境之一切。

就算犯下什麼滔天大錯，他們也視之為青春的象徵，刻劃為記憶中的一頁。

舉例來說，若是他們犯下偷竊、參加暴走族等罪行，便說那是「年少輕狂」；如果考試不及格，就辯稱學校不是死讀書的地方。

只要舉著青春的大旗，不管再稀鬆平常的道理還是社會觀念，他們都有辦法曲解。對他們而言，謊言、秘密、罪過，甚至是失敗，都不過是青春的調味料罷了。

再者，他們能從那些罪惡、那些失敗中找出特殊之處。

因此，他們一切的失敗都算是青春的一部分。

可是，別人的失敗不能算是青春，而是單純的失敗。

如果說失敗是青春的象徵，交不到朋友的人，不就處於青春的最高峰嗎？

然而，他們不會這麼認為吧。

說穿了，他們只挑對自己有利的解釋。

那樣已經算是欺騙吧？

不論是說謊、欺騙、隱瞞還是詐欺，都必須受到譴責。

他們是罪惡。

反過來說，不歌頌青春的人才是真正的正義。

結論就是：

現實充通通給我爆炸吧！

1 反正比企谷八幡就是一副死魚眼

國文老師平塚靜額頭冒著青筋，大聲念出我的作文。

自己聽過一遍，才發現文筆還有待琢磨。我覺得自己像是被看穿投機想法的無名作家，以為用些難一點的詞彙，便會顯得比較聰明。

所以，是這篇不成熟的文章害我被叫過來嗎？

不，當然不是，我對此心知肚明。

平塚老師念完作文後，按住額頭深深嘆一口氣。

「比企谷啊，你還記得我上課出的作文題目是什麼嗎？」

「……記得，是『高中生活回顧』。」

「沒錯。那你交一張犯罪宣言做什麼？你是恐怖分子還是笨蛋？」

平塚老師又嘆一口氣，像是傷透腦筋似地撩起頭髮。

這樣說來，「女教師」三個字念成「Onna-KYOUSHI」，比念成「JYO-

KYOUSHI」還來得性感（註1）。

一想到這裡，我忍不住露出賊笑，下一秒一整疊紙馬上敲下來。

「給我認真聽。」

「是。」

「你的眼睛很像腐壞的魚呢。」

「DHA很豐富嗎？聽起來滿聰明的。」

平塚老師的嘴角微微揚起。

「比企谷，這篇亂七八糟的作文是怎麼回事？我姑且聽聽你的藉口。」

老師狠狠瞪向我。她算得上是美女，此刻視線卻非常銳利，簡直快讓我喘不過氣，真是嚇死人了。

「沒、沒有啦，偶有好好回顧高中生活啊。最近的高中生不都速這樣嗎？我並沒有寫錯！」

我嚇到話都講得口齒不清，畢竟平常跟人說話都會緊張了，更何況對方是比自己年長的女性。

「這種題目是要你們回顧自己的高中生活。」

「那請老師事先說明清楚，我一定會乖乖寫的。這算是老師出題上的疏失。」

「你這小鬼，別耍嘴皮子。」

註1　日文中，前者念法較為強調性別。

「小鬼？從老師的年齡來看，我的確是小鬼。」

這時，一陣風吹過。

是拳頭。

一記直拳毫無預警地揮過來，漂亮地掠過我的臉頰。

「下一拳就不會揮空囉。」

老師的眼神非常認真。

「對不起，我會重寫。」

我決定表現出自己的歉意與反省。

不過，平塚老師似乎不甚滿意。糟糕，難道我得下跪道歉嗎？我拉直褲管順平皺褶，彎下右腳準備跪到地上，一舉手、一投足都優雅而不拖泥帶水。

「我並沒有生氣。」

啊……來了，又是這句話。

講這種話的人最麻煩，和「你老實說，我不會生氣」一樣。但我活到現在，還沒見過真的不會生氣的人。

不過意外的是，平塚老師好像真的沒有動怒，至少她沒有為了年齡以外的事情不高興。我伸回彎到一半的右膝，偷偷打量她的神情。

平塚老師從胸前快被撐破的口袋裡拿出七星菸，在桌上敲打濾嘴，動作像是中年大叔一般。她塞好菸草後，用百圓打火機「喀嚓」一聲點燃香菸，再「呼」地吐

出煙霧，最後一本正經地看向我。

「你沒有參加社團活動吧？」

「沒有。」

「……有朋友嗎？」

她發問時，已經預先做出我沒有朋友的前提。

「我、我這個人很重視公平原則，所以不想跟特定人物深交！」

「也就是說，你沒有朋友囉？」

「簡、簡單來說是沒有……」

聽到我這樣回答後，平塚老師立刻變得充滿幹勁。

「真的嗎？你果然沒有朋友！完全被我料中了！一看到你那雙死魚眼，我立刻明白囉！」

光看我的眼睛便明白？那就別問了好不好！

平塚老師頻頻點頭表示理解，然後又看著我的臉，委婉地問道：

「…………那麼，你有女朋友之類的嗎？」

「之類」是怎樣？如果我說我有男朋友，妳打算怎麼辦？

「目前還沒有。」

我對未來懷抱希望，所以刻意把重音放在「目前」。

「喔……」

這次老師看著我的眼神好像有點淚光，希望那是被香菸燻到的關係。喂，別這樣！不要用充滿關愛的溫柔眼神看我！

話說回來，這到底是怎麼一回事？難道她是什麼熱血教師嗎？早晚會罵學生是腐爛的橘子之類的？或是想回去那所「熱血校園」任教（註2）？若是如此，我倒希望她早點回去。

平塚老師尋思一會兒，「呼～～」地吐出一口夾雜嘆息的煙。

「好，就這麼辦，你把作文重寫一遍。」

「是。」

果然如此。

好，這次我就寫得四平八穩，像寫真女星或配音員的部落格上「今晚的晚餐揭曉……是咖哩！」那樣。這到底有什麼好揭曉的？根本沒有半點驚喜感。

到此為止，事態都還在我的預料中，但接下來的可就超乎預期。

「不過，你不經意的一句話和態度已傷透我的心。難道沒人教過你不能隨便跟女性提到年齡嗎？所以，我要求你參加『侍奉活動』，做錯事便應該接受懲罰。」

平塚老師明明一副興致勃發的樣子，似乎比平時還有精神，實在很難相信她的內心真的有受傷。

我突然想到，「勃發」這個詞念起來跟「波霸」有點像呢……我開始逃避現實，

註2　暗指日本以教師為主題的連續劇內容。

看向老師撐起襯衫的豐滿胸部。

真是糟糕……不過平塚老師也真怪，怎麼會因為可以懲罰學生而開心呢？

「侍奉活動……是要做些什麼？」

我怯生生地問道。在這種場合，總覺得她會叫我去清掃水溝，或者逼我當綁架犯之類的。

「跟我來。」

老師把香菸往菸灰堆積如山的菸灰缸一壓，然後站起身。在沒有任何說明和解釋的情況下，我整個人愣在原地。但老師在門口回頭催促：

「喂，還不快點！」

平塚老師豎起眉毛一瞪，我連忙追過去。

× × ×

千葉市立總武高中的校舍形狀有點特殊。

若從高空往下看，校舍的形狀像漢字的「口」。下方再多個多媒體大樓，就成為這所學校的鳥瞰圖。

通路兩側分別是教室大樓和特別大樓，兩棟大樓的二樓有走廊互相連通，形成一個四角形。

被四角形校舍圍在中間的空地，便是廣大現實充的聖地——中庭。

午休時間一到，他們會男女一同來到中庭享用午餐，再打打羽毛球幫助消化；放學後的黃昏時光，他們則以校舍為背景在此談情說愛、吹海風看星星。

簡直是欺人太甚！

就旁觀者看來，這些人像在努力演一齣青春偶像劇，真是讓人心寒，而我扮演的則是「樹」那樣的角色。

平塚老師在打過蠟的地板留下「喀、喀」的腳步聲，她要去的地方似乎是特別大樓。

——我有種不好的預感。

畢竟侍奉活動本來就不會有什麼好事。

「侍奉」這個字眼在日常生活中不會隨便出現，只有在某些特殊狀況下才會使用，例如女僕侍奉主人。如果是那種侍奉，我一定舉雙手雙腳說「Let's party」，但現實中不會有這種好事……更正，肯付一些錢的話亦能辦到。不過，若是付錢便能享受，夢想和希望什麼的也就別提了。總而言之，侍奉不是什麼好東西。

更何況我們來到的是特別大樓，來這裡不是幫忙搬音樂教室的鋼琴，就是整理生物教室的垃圾或圖書館藏書，我最好先設下一道防線。

「啊，我的腰有些毛病……記得叫皰什麼來著，皰、皰疹（herpes）？」

「你想說的是疝氣（hernia）吧？不用擔心，我沒有要你做苦工。」

平塚老師用瞧不起的表情對我說。

嗯，那會是查資料之類的文書工作嗎？就某方面而言，那種枯燥乏味的工作比做苦力還累，像是把挖開的洞填滿再把它挖開的拷問一樣。

「我患有一種一走進教室就會死掉的病。」

「你是哪位長鼻子狙擊手嗎？草帽海賊團來的？」

妳有在看少年漫畫喔！

也罷，反正我不排斥一個人埋頭苦幹。只要關掉心裡的開關，告訴自己是個機械即可。若照這樣下去，我搞不好會追求機械化的身體，最後甚至變成一根螺絲（註3）。

「到了。」

平塚老師在一間看似正常的教室前停下腳步。

教室掛牌上沒有任何字。

我好奇地望著牌子，老師則直接把門打開。

教室一角凌亂地堆滿課桌椅，看來這裡已經被當成倉庫使用。除此之外，這裡和其他教室並沒什麼兩樣，就是一間普通的教室。

不過，它看起來還是很與眾不同，因為裡面有一位少女。

少女在西斜的夕陽下讀書。

註3　影射漫畫作品《銀河鐵道999》。

眼前光景美得像一幅畫，給人一種即使世界末日到來，少女也會留在那裡繼續閱讀的錯覺。

我的身心完全陷入靜止狀態。

——我不禁看得出神。

少女察覺到有人進來，便將書籤夾入文庫本，把頭抬起。

「平塚老師，我應該跟您提過進來前麻煩先敲門吧？」

少女五官端正，留著一頭黑色長髮，雖然和班上那些女生穿著同樣的制服，她卻顯得獨樹一格。

「就算我敲門，妳也從來沒應過聲。」

「那是因為我還來不及回應，老師已先自己進來。」

聽完平塚老師的理由，少女投以不滿的眼神。

「還有，那個眼神呆得要命的人是哪位？」

少女冷冷地打量我。

我知道這名少女是誰。

二年J班的雪之下雪乃。

當然，我只知道她的名字和長相，並沒有實際跟她交談過。沒辦法，我在學校本來就很少跟人說話。

總武高中設有九個普通班和一個國際教養班，後者的偏差值較普通班高出個二到三，班上大多是從海外歸國或打算出國留學的學生。

在那個閃閃發亮——不，應該說自然而然就很引人注目的班級中，雪之下雪乃又顯得特別突出。

她的成績相當優秀，不論是段考還是模擬考，總是穩坐全年級第一名寶座。

另外補充一點，那罕見的美貌也讓她時時刻刻受到眾人注目。

總之，她可說是校園第一美少女，名聲響叮噹。

至於我，只是個默默無聞的平凡無奇學生。

因此，就算她不知道我是誰，我也沒有什麼好傷心的。不過，被說眼神呆得要命還是讓我有點受傷，開始想要用些「啊，以前有種名字跟這很像的點心，最近都找不太到呢」之類的藉口來逃避現實。

「他叫比企谷，希望加入社團。」

在平塚老師的引薦下，我向她點頭致意。所以接下來是要自我介紹吧。

「我是二年F班的比企谷八幡，嗯……喂！老師說加入社團是什麼意思？」

是要加入哪個社團？這又是哪門子的社團？

平塚老師似乎察覺到我的疑問，先一步開口：

「我給你的懲罰，就是參加這個社團，而且我不聽任何爭辯反抗抗議不滿和頂嘴。你在這裡冷靜一下，好好反省反省。」

她不給我任何答辯的餘地，以驚人之勢下達判決。

「如妳所見，他這個人性格十分彆扭，所以總是孤零零的非常可憐。」

最好是看我的樣子就知道啦！

「讓他學學如何跟人相處，這種情況應該會有所好轉，所以能把他放在這裡嗎？我想請妳改變他彆扭的孤僻性格。」

平塚老師轉身對雪之下解釋後，她不耐煩地回答：

「若是那樣，請老師對他拳打腳踢教訓一下就好。」

……好可怕的女人。

「可以的話我也想，但最近管得比較緊，不允許老師對學生施予身體上的暴力。」

……講得好像精神上的暴力就沒關係似的。

「容我拒絕。看到這男生邪惡又下流的眼神，我感到非常危險。」

雪之下把沒有一絲凌亂的領口拉起，雙眼瞪向我。不，我才沒有看那沒啥看頭的胸部咧……等等，我是說真的！相信我，我真的沒有看，不過是稍微瞥到時被吸引一下而已。

「放心吧，雪之下。別看他的眼睛跟個性那樣，正因為如此，他對風險評估和明哲保身都很有一套，絕不會做出觸犯刑法的事，妳大可相信他的孬種性格。」

「這根本不是在誇獎我……而且不對吧？這跟風險評估和明哲保身有什麼關係，請說是『懂得用常識判斷』。」

「孬種啊……原來如此……」

「不但沒在聽，還接受喔……」

不知是平塚老師說服成功，還是我的孬種性格得到信任，總之，雪之下做出一個我絲毫不願見到的結論。

「好吧，既然是老師的請求，我也不能坐視不管……那我就接受了。」

雪之下非常不甘願地答應，老師則露出滿意的笑容。

「好，之後拜託妳囉。」

老師說完便頭也不回地離開，我則被她丟在原地。

老實說，我寧願孤零零地被撒手不管，以往的孤獨環境還讓我內心自在得多。

鐘上的秒針滴滴答答走著，聲音遲緩卻又響亮。

喂喂喂，這不是真的吧？怎麼突然發展成愛情喜劇？我覺得好緊張啊。

情境本身是無可挑剔，讓我不禁想起國中的青澀回憶。

那是在放學後，只剩下兩個人的教室內。

微風吹動窗簾，夕陽斜灑進教室，一名少年鼓起勇氣告白。直到現在，我都還清楚記得那聲音。

『我們當朋友好嗎？』

啊，不對，這是失敗的回憶。而且別說是朋友，之後我們連一次也沒交談過，害我以為朋友之間連話都不會說呢。

總之對我來說，和一個美少女關在密室中的愛情喜劇，是不可能發生在現實中的事。時至今日，受過專業訓練的我才不會中這種圈套。所謂的女孩子，是只對型男（笑）和現實充（笑）有興趣的生物，還會和他們進行不單純的男女交往。

換句話說，她們是我的敵人。

為了不讓自己再度受創，我一直努力到今日。若不想被捲入愛情喜劇中，最快的方法是及早讓自己被女生討厭，避免兩敗俱傷的下場。若要維護自尊，就把好感度什麼的全都忘了！

所以，我決定用惡狠狠的眼神威嚇代替打招呼。

野獸是用眼神殺人的！吼吼吼吼！

雪之下見狀，瞥以一種看到穢物的眼神。她瞇起雙眼，冷淡地嘆一口氣，接著以溪流般悅耳的聲音對我開口：

「……別在那裡發出怪聲音，不如我們先坐下吧？」

「咦？啊，好的，抱歉。」

嗚哇！那是什麼眼神？她是野獸嗎？那眼神至少已經殺死五個人吧？連松島〇子（註4）都會被她啃得一乾二淨，讓我不知不覺地對她道歉。

看來不用等我威嚇，雪之下已經敵視我了。

我內心七上八下地挑一張椅子坐下。

這時，雪之下早已重新看起她的文庫本，沒有半點要理我的意思，房內只有沙

註4 松島トモ子。日本知名歌手，曾多次遭受獅子等野生動物襲擊，但都大難不死。

沙的翻書聲。

文庫本的封面都長那樣，所以我無法得知內容，不過就她的形象看來，那大概是沙林傑、海明威、托爾斯泰之類的文學作品吧。

雪之下有如大家閨秀，怎麼看都是個模範生，又是不折不扣的美少女。但也如同這種人的宿命，雪之下雪乃與其他人都格格不入。她像深埋底層的白雪，跟自己的名字一樣。雖然美麗，但旁人無法伸手觸及，只能在內心想望。

說實在的，我沒想到自己就這樣莫名其妙地獲得接近她的機會。如果向朋友炫耀，他們一定會羨慕得要死，雖然我沒有朋友可以炫耀。

那麼，我到底要和這位美少女大人做什麼？

「什麼事？」

大概是我看得太久，雪之下不快地皺起眉頭，反過來看向我。

「喔，抱歉，我是在想為什麼會變成這樣。」

「哪裡有問題嗎？」

「不，因為我是被莫名其妙的理由帶來這裡。」

我才說完，雪之下像是想咂舌似地「啪噠」一聲闔上書，不悅之情表露無遺。

她用看著某種蟲類的眼神瞪視我，最後才放棄般地嘆息道：

「……嗯，那我們來玩遊戲吧。」

「玩遊戲？」

「沒錯，來玩猜這裡是什麼社團的遊戲。好，請問這裡是什麼社？」

和美少女在密室玩遊戲……

各種跡象都不禁讓人想入非非，但雪之下散發的氣息不但不誘人，反而像一把磨利的刀刃，彷彿我輸了這場遊戲，人生便會跟著結束。剛剛那些愛情喜劇氛圍都上哪去？這樣豈不是變成《賭博默示錄》啦！

我屈服於雪之下的壓迫感，一邊擦著冷汗，一邊環顧教室尋找線索。

「這裡沒有其他社員嗎？」

「沒有。」

我強烈懷疑這樣社團還能成立嗎？

老實說，一點提示都沒有。

——不，等一下，說不定這一切都是提示。

不是我在自誇，我從小就沒什麼朋友，所以很擅長一個人玩的遊戲，特別是遊戲書、解謎書之類的，就算參加高中生機智問答大賽，我也有勝算，但因為找不到其他隊友，所以無法出賽。

到目前為止有幾件確定的事，只要將它們拼湊起來，答案自然呼之欲出。

「是文藝社嗎？」

「喔……為什麼？」

雪之下頗有興趣地反問。

「因為不需要特殊的環境與設備，社員太少也不會廢社，換句話說，這個社團不需要經費。而且妳剛剛在看書，其實答案打從一開始就很明顯。」

不是我自誇，這番推理簡直無懈可擊。即使沒有一個戴眼鏡的小學生嚷著「咦？好奇怪喔～～」給我提示，一樣能輕鬆搞定。

雪乃大小姐似乎也感到佩服，輕輕呼出一口氣。可是，她接著露出非常藐視我的笑容說：

「不對。」

……哎呀，妳有點把我惹火囉☆

是誰說她品行端正、完美無瑕？根本是個惡魔超人吧！

「那麼，這裡到底是什麼社團？」

我的口氣有些不耐煩，雪之下卻毫不在意地告訴我遊戲繼續進行。

「給你一個最明顯的提示，我現在做的事就是社團的活動內容。」

終於有提示了，但我還是摸不著頭緒。依照這項提示，我一樣只聯想得到剛才猜的文藝社。

等一下，冷靜冷靜要冷靜。比企谷八幡，你冷靜下來啊！

她說這裡沒有其他社員。

但社團還能成立。

也就是說，有幽靈社員囉？那些幽靈社員八成是真正的幽靈，然後故事會變成我和那位幽靈美少女的愛情喜劇。

「超自然研究會！」

「這裡不是什麼學會。」

「超、超自然研究社！」

「不對……哼，幽靈什麼的未免太好笑了，哪有那種東西。」

這、這裡才沒有什麼幽靈呢！人、人家才不是因為害怕所以這樣說的喔——雪之下完全沒有這種可愛的一面，她看著我的眼神充滿輕視，彷佛在說「去死吧，笨蛋」。

「我投降，完全猜不到。」

誰會知道答案啊！出簡單一點的問題好不好？例如「家裡著大火、眼淚如洪水，猜猜是什麼」之類的。等等，那不就是火災嗎？不過，那不算是猜謎，根本是腦筋急轉彎。

「比企谷同學，你幾年沒和女孩子說話？」

這時，雪之下又拋出一個毫不相關的問題，打亂我的思緒。

這女人真沒禮貌。

我對自己的記憶力很有信心，即使是大家早已遺忘的對話，我仍記得一清二楚，班上的女同學甚至因此視我為跟蹤狂。

根據我優秀的海馬體，我最後一次和女孩子交談是在兩年前的六月。

女孩：「那個，你不覺得很熱嗎？」
我：「根本就是悶熱。」
女孩：「咦？是、是啊，沒錯。」
〈完〉

內容大概是這樣。而且，其實她不是在問我，而是問我斜後方的另一個女孩。越是討厭的事情，人們記得越清楚。每當我在夜裡想起這段往事，都會有股鑽進棉被裡放聲大喊的衝動。

正當我沉浸在恐怖的回憶時，雪之下朗聲宣告：

「富者本著慈悲之心施與貧者，這就是所謂的公益。像是提供援助給開發中的國家、為遊民供膳、讓女人緣不佳的男生能和女生說話——對遭遇困難的人伸出援手，這就是本社團的活動內容。」

不知不覺中，雪之下已站起身，自然形成從上方俯瞰我的姿態。

「歡迎來到侍奉社，很高興你加入社團。」

雪之下當著我的面說出聽起來不怎麼歡迎我的話，讓我有點想哭。

而且，我都已經陷入沮喪，她竟然還補上一刀。

「平塚老師曾說，優秀的人有義務幫助可憐的人，既然老師將你託付給我，我就要負責到底。我會治好你的毛病，所以感謝我吧。」

她是想表達「位高責任重」（Noblesse Oblige）的意思嗎？若以日文解釋，意思大概是指貴族肩負著使命。的確，雪之下盤起手的模樣像極了貴族。事實上，從她的成績與外表看來，即使說她是貴族也不為過。

「妳這女人……」

可是，有些事非得跟她說清楚不可。就算說破嘴，也要告訴她我並不需要憐憫。

「……雖然由我自己來說是滿奇怪的，不過我算是挺優秀的喔！校內文組的模擬考中，我的國文成績可是全年級第三名！長相也還不錯！除了沒有朋友跟女朋友，基本上我這個人算是出類拔萃！」

「最後那個問題很致命呢……虧你還能講得自信滿滿，了不起……真是怪人一個，感覺好不舒服喔。」

「少囉唆，我才不想聽妳說教，怪女人。」

這女人真的很奇怪，至少和我聽到的——不，我不記得有誰曾跟我提過這件事，應該改成她實際上和「自己飄進我耳裡」的雪之下雪乃的形象大不相同。

不過，她還算是位冰山美人。而且，她現在正露出冷笑。用艱澀一點的字眼描述，就是「殘酷的笑容」。

「嗯～～在我看來，正是墮落的性格和扭曲的感性才讓你老是孤零零的。」

雪之下握著拳高談闊論。

「首先就幫哪裡都待不下去的你安排一個容身之處。你應該明白吧？只要有容身之處，就不用化成一顆流星，悲慘地燃燒殆盡。」

「這是《夜鷹之星》？太偏門啦。」

如果不是我這種文組國文考第三名又有文學素養的天才，肯定聽不懂。而且我很喜歡這篇故事，所以記得非常清楚。那隻夜鷹不受大家歡迎，實在教人難過得落淚。

雪之下聽到我的反駁，睜大眼回答：

「……真意外，想不到水準是一般高中男生以下的人會讀宮澤賢治的作品。」

「妳在貶低我對吧？」

「對不起，我太誇張了，其實你的水準根本不及一般高中男生。」

「妳還覺得剛剛太誇獎我啊！難道妳沒聽到我的國文是全年級第三名嗎？」

「拿個第三名就志得意滿，可見你多沒水準。光靠一個科目便想證明自己很聰明，會這樣想的人根本是無知。」

……沒禮貌也該有個限度。除了某位賽亞人王子，我想不到還有誰會這樣貶低初次見面的男生。

「不過《夜鷹之星》和你很配，例如牠的相貌。」

「妳是想說我長得很醜嗎……」

「這話我不能說，畢竟事實有時是很傷人的……」

「那不就等於說出來了！」

這時，雪之下面色凝重地拍拍我肩膀。

「你不能逃避真相。去照照鏡子，面對現實吧。」

「不不不，不是我要自誇，我長得並不差，連妹妹也說『要是哥哥安安靜靜的就好了』，甚至可以說我只有臉蛋好而已。」

不愧是我妹妹，真有眼光。反過來說，這間學校的女生都太不識貨。

雪之下聞言，像是頭痛似地抵住太陽穴。

「你是笨蛋嗎？『美』本身就是一種主觀感想。所以在這間只有我們兩人的教室裡，只有我說的話才是正確的。」

「這、這是什麼亂七八糟的道理，可是好像說得通……」

「總之，先不管你長得怎樣，只要你繼續頂著那雙死魚眼，就不會給人好印象。現在的問題不在五官上，而是你的表情相當醜陋，這也代表你的個性相當扭曲。」

說出這番話的雪之下固然長得可愛，內心卻不是那麼一回事。她的眼神完全像個罪犯，我看我們倆都一點也不可愛。

……話說回來，我的眼睛真的那麼像魚嗎？

如果我是女孩子，這時應該會正面解讀成：「咦？我很像小美人魚嗎？」

在我如此逃避現實時，雪之下撥了撥肩上的頭髮，宛如誇耀勝利似地說道：

「我不欣賞你靠成績和長相之類的表象得到自信，以及那雙死魚眼。」

「不要再提眼睛！」

「說的也是，反正已經沒救了。」
「妳是不是該跟我父母道歉？」
我明白自己的表情糾結起來。雪之下似乎也有所反省，表情變得黯淡。
「的確，我說得太過分，令尊和令堂才是最痛苦的人。」
「夠了，是我不好。不，是我的長相不好。」
我幾乎是含淚懇求，雪之下才終於不再說下去。
我領悟到再說什麼都沒用，只好想像自己在菩提樹下坐禪尋求解脫。這時，雪之下再度開口：
「好，對話模擬練習結束。你能和我這樣的女孩交談，面對其他人應該也沒問題。」
她右手輕撫頭髮，臉上充滿成就感，然後燦爛地笑了。
「如此一來，你就能帶著美好的回憶，一個人堅強地活下去。」
「妳的解決方法未免太特別……」
「不過，這樣不算達成老師的委託……還有更根本的問題得解決……例如你去辦理休學如何？」
「那不叫解決問題，只是一時的鴕鳥心態。」
「哎呀，你知道自己是鴕鳥啊？」
「是啊，只有同類才知道喔。妳真煩人耶！」

「……差勁。」

我好不容易逮到機會反將她一軍，臉上露出得意的笑容，雪之下則是用「你還活著幹嘛」的眼神瞪過來。拜託，妳的眼神真的很嚇人。

下一秒，室內陷入一陣讓耳朵發痛的死寂。不過也可能是雪之下一發動攻擊就毫無節制，我的耳朵都聽到痛了。

這時，教室的門猛然被拉開，發出偌大聲響。

「雪之下，我進來囉。」

「請記得敲門……」

「抱歉抱歉。你們繼續，不用理我。我只是來看看狀況。」

雪之下無奈地嘆息，平塚老師則對她悠然一笑，然後靠到牆上來回看著我和雪之下。

「你們相處得不錯嘛，太好了。」

她是從哪裡看出這個結論？

「比企谷，你就照這個樣子，努力改掉彆扭的個性和死魚眼吧。那麼，我要回去了，放學前記得要離開啊。」

「請、請等一下！」

我抓住老師的手要留住她，但是……

「痛痛痛痛痛啊！投降！我投降！」

老師扭轉我的手臂，我拚命喊投降她才總算鬆手。

「是比企谷啊。不要隨便站在我背後，我可是絕對會出手的喔。」

「妳是哥爾哥嗎？而且哥爾哥是會不小心出手，妳不要隨便出手啦！」（註5）

「你還真麻煩耶……好啦，到底有什麼事？」

「我才想問妳呢……要我改掉是什麼意思？講得我像少年犯一樣。我在這裡到底是要做什麼？」

「嗯～～」

平塚老師聽完我的問題，手抵下巴，露出一臉沉思的表情。

「雪之下沒跟你說明嗎？這個社團主要是促進學生改變自我，解決內心的煩惱。我會把認為有必要改變的學生帶來這裡，你當這裡是『精神時光屋』就好，還是要比喻成《少女革命》比較好懂？」

「那會更難懂，還會洩漏老師的年齡喔……」

「你說什麼？」

「……我什麼都沒說。」

我被老師投以冰冷的視線，只好縮起肩膀小聲回應。老師看到我這樣子，嘆一口氣說道：

「雪之下，妳似乎進行得不太順利呢。」

註5 出自漫畫《哥爾哥13》的劇情。

「因為他本人不明白自己的問題在哪裡。」

雪之下淡然回應老師的無奈。

……這種教人待不下去的感覺是怎麼回事?好像小學六年級時,被父母發現偷藏色情書刊後遭到他們好好開導一番。

不,重點不是這個。

「那個……從剛剛開始,妳們就自顧自地說著要我改掉習慣跟少女革命什麼的,可是我本人並沒有意願……」

我說完後,平塚老師微微歪頭。

「什麼?」

「……你在胡說什麼?你要是不改變,以後很難在社會立足哦。」

雪之下顯得相當認真,宛若在闡揚反戰爭、反核武之類的理念。

「就旁人的角度來看,你的社會性落後其他人很多,難道不想要改變自己嗎?還是你沒有半點上進心?」

「才不是那樣……我只是不想要別人擅自決定我是否該改變『自己』。一個人不能因為別人的三言兩語就改變『自己』吧!所謂的『自己』應該是……」

「你只是無法客觀看待自己罷了。」

我本來想借用笛卡兒的話表現一下,卻被雪之下硬生生打斷。那句話可是很有學問耶……

「你只是在逃避，但人不改變是無法前進的。」

雪之下毫不留情地否定我。這傢伙為什麼從剛剛開始說話就這麼刺人？難不成是海膽生的？

「逃避錯了嗎？妳也只會說那一百零一句話，一直要我改變。我問妳，妳會因為夕陽很刺眼，就叫它從今天起往東邊落下嗎？」

「那是詭辯，請你不要離題。更何況太陽不會移動，是地球在轉。你連地動說都不知道嗎？」

「我當然只是舉例！如果說我在詭辯，那妳也一樣在詭辯！妳說的改變還不是為了逃避眼前的狀況？那到底是誰在逃避？真正的不逃避就是不要改變、直接面對啊！為什麼妳不願意肯定現在和以前的自己？」

「……那樣解決不了煩惱，也救不了任何人。」

救不了任何人？

雪之下說到這裡，臉上出現驚人的憤怒表情，讓我不禁感到畏縮，差點要向她道歉：「對對對對不起！」

不過，「救人」實在不是一介高中生會說的詞彙，我無法理解是什麼原因讓她執著到這種地步。

「你們兩個冷靜一下。」

平塚老師平靜的聲音緩和一觸即發的氛圍（或者該說打從一開始就劍拔弩張）。

她笑容滿面，似乎開心得不得了。

「越來越有趣呢。我最喜歡這種發展，很有《少年JUMP》的味道。」

不知為何，老師看來相當興奮。她明明是女性，卻有一副少年的眼神。

「自古以來，彼此的正義產生摩擦時就要一決雌雄，這可是少年漫畫的傳統。」

「但這裡是現實世界……」

老師根本沒聽進去。她放聲大笑，對我們高聲宣布：

「這樣吧，從現在開始你們就為那些迷途的羔羊指路，用你們各自的方法拯救他們，以此證明自己是正確的。到底誰比較懂得侍奉呢？GUNDAM Fight Ready Go（註6）！」

「我不要。」

雪之下毫不猶豫地拒絕，眼神和剛剛注視我的時候一樣冷淡。不過我和她意見一致，也就跟著點頭附和，何況我不是看G鋼彈長大的人。

老師看到我們的反應，懊悔地咬起大拇指。

「可惡，說『徽章戰士，戰鬥』比較好懂嗎……」

「不是那個問題……」

還徽章戰士咧，太冷門囉……

「老師，請停止跟您年紀不合的行為，那樣子非常不好看。」

註6　動畫「機動武鬥傳G鋼彈」中鋼彈擂台賽的開戰信號。

雪之下一句尖銳無情、有如冰柱的話讓老師也冷靜下來，還瞬間羞得滿臉通紅，故意咳個幾聲來掩飾。

「總、總之！只有實際行動才能證明自己的正義！我叫你們比就比，你們無權拒絕！」

「太霸道了吧……」

她根本是個小孩，只有胸部像大人！

算了，反正比賽可以隨便應付，然後說聲「我不小心輸了～嘿嘿☆」之類的裝可愛就好。志在參加不在得獎，這句話真是中聽又中用。

偏偏只有小女孩心智的童顏巨乳熟女仍繼續大放厥詞。

「為了讓你們盡全力戰鬥，我會準備一些獎勵——在比賽中獲勝的贏家，可以隨心所欲擺布輸家如何？」

「隨心所欲！」

隨心所欲……也就是說，愛做什麼都可以對吧？咕嚕。

這時，雪之下突然喀噠一聲把椅子往後挪兩公尺，擺出防範身體受侵犯的姿態。

「容我拒絕，這個男的讓我感覺貞操會不保。」

「那是偏見！高二男生才沒有滿腦子只想齷齪的事！」

明明還可以想很多事，例如……我正在想啦！嗯……世界和平之類的？其他就沒特別想到什麼。

「看來雪之下雪乃也是有弱點的啊……妳沒有把握可以贏他嗎？」

平塚老師不懷好意地說，雪之下因此露出不悅的表情。

「……好吧，雖然不甘心這樣就被老師給挑撥，但我答應參賽，順便幫忙處理這個男的。」

嗚哇～～雪之下真倔強！要說她哪裡倔強，就是刻意強調「我早已看出老師的意圖」這點。還有，她說「處理我」是什麼意思？還是住手吧，太可怕了。

「那就決定囉。」

平塚老師咧嘴一笑，毫不在意雪之下的眼神。

「咦？怎麼沒問我……」

「看你一臉賊笑，我就知道不必問了。」

這樣啊……

「勝負由我決定，標準當然是我的主觀和偏見。你們不用想太多，就隨便……好好加油吧。」

說罷，老師便離開教室，留下我和相當不高興的雪之下。想也知道，我們之間不可能有任何交談。寂靜的空間內響起類似故障收音機的「滋滋」聲響，那是鐘響的前兆。

合成音色的旋律響起，雪之下「啪」一聲闔上書本。那似乎是放學的鐘聲。

下一秒，雪之下立刻開始收拾東西。小心將文庫本放進書包後，她站起身看了我一眼。

不過，她只是瞄我一下，沒說任何話——沒說什麼「辛苦了」或「我先走了」，就那樣瀟灑地離去。

雪之下冷淡的態度讓我找不到機會開口。

最後只剩下我一個人。

今天怎麼這麼倒楣？先被叫去教職員辦公室，接著被迫加入一個神祕社團，還被只有長相可愛的女生惡言相向，讓我的內心受到極大創傷。

跟女生說話應該會更讓人興奮才對吧？我怎麼只覺得沮喪？還不如像平常那樣跟玩偶說話就好。那些玩具不會頂嘴，總是對我笑咪咪的。為什麼我不是個天生被虐狂啊？

不僅如此，為何我還得參加莫名其妙的比賽？而且對手是雪之下，我根本沒有勝算。

社團如果要辦什麼比賽，我只要乖乖站在旁邊看就好。對我來說，理想的社團活動是看一群女孩子玩樂團的DVD。

難道要透過比賽增進彼此情誼？這未免想太多，那女人八成會連想也不想地命令我：「你有口臭，能不能停止呼吸三個小時？」

青春果然滿是謊言。

為了美化高三那年夏天輸掉的比賽而流淚；為了安慰自己沒考上大學，因而宣稱挫折乃人生經驗；由於不敢向心儀的人告白，因而假裝是體貼對方才主動退出。

還有其他例子，例如碰上態度惡劣、教人不爽的女生，就說她是個傲嬌，還期待不可能到來的愛情喜劇……

我不認為作文有必要重寫。

青春果然扭曲、虛偽，而且充滿謊言。

① 反正比企谷八幡就是一副死魚眼

畢業發展調查表

總武高級中學　2年F班

姓名

比企谷　八幡

㊚・女

座號　29

請寫下你的信念。

信念、原則、座右銘之類的不需特別昭告天下，而是放在心中即可，這就是我的信念。

你在畢業紀念冊寫下什麼夢想？

只有我沒地方可以寫。

為了將來，你現在做了哪些努力？

忘掉過去的創傷。

師長建議：

那種要死不活的信念確實很像你的作風，這樣我就放心了。

畢業紀念冊也是你的創傷之一嗎？

我看你平常在學校裡動不動就製造創傷，肯定會沒完沒了的，勸你早日放棄吧。

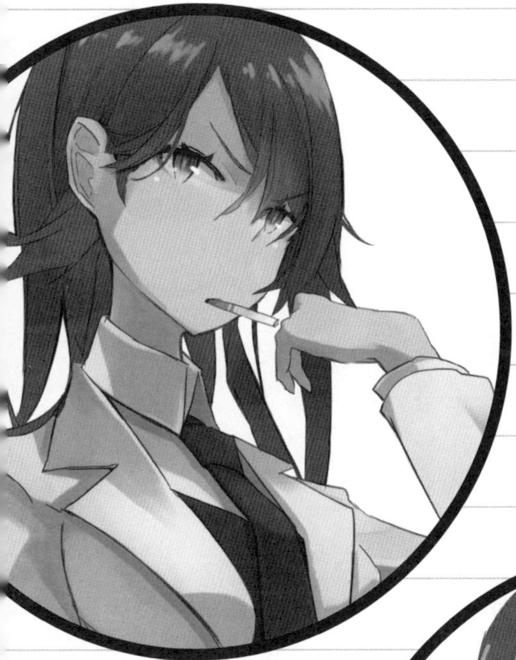

「比企谷，不要用那種死魚眼發表你的信念。」

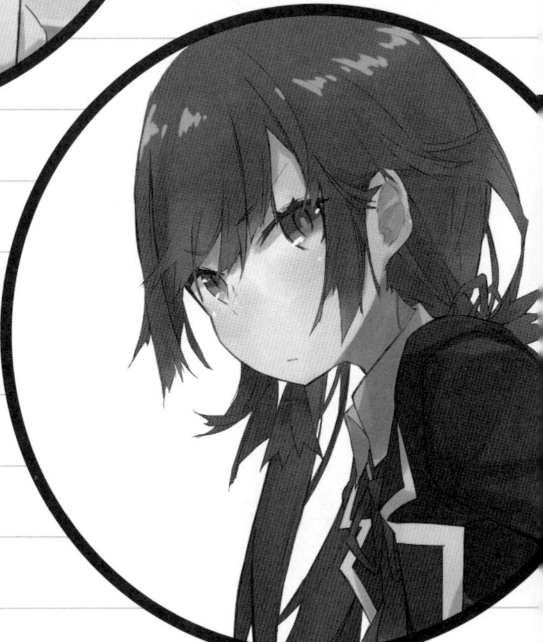

「你是笨蛋嗎？」

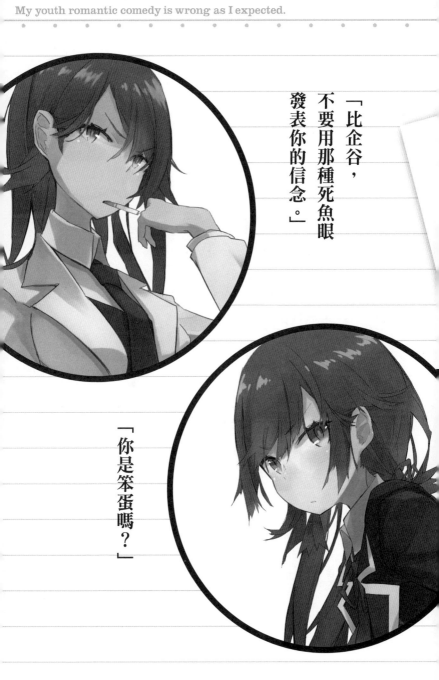

2

雪之下雪乃無時無刻都貫徹自我

班會結束後我走出教室，便看到平塚老師在外頭等著。

她盤手佇立的樣子像極了警衛，如果套上軍服、拿起鞭子，真的再適合不過。

反正學校本來就像一座監獄，所以我的想像不算太過天馬行空。這裡差不多是惡魔島（註7）或卡山德拉（註8）的感覺，世紀末救世主怎麼還不快來救我？

「比企谷，社團時間到囉。」

一聽到這句話，我立刻感覺到自己的臉色倏地變慘白。不妙，會被帶走！

要是再被帶去社辦，我可真要對校園生活絕望。雪之下那傢伙天生瞧不起人，說起話來根本配不上「毒舌」這麼可愛的形容詞，已經算是惡言相向。那樣算是傲嬌嗎？我看只是個討人厭的女生罷了。

註7 阿爾卡特拉斯島，位於美國舊金山灣內，過去曾為監獄。

註8 漫畫《北斗神拳》中的監獄名。

然而，平塚老師毫不體諒我，咧嘴露出不帶感情的笑容。

「走囉。」

她要抓住我的手腕，我馬上一個閃身；她再伸手過來，我也再度躲開。

「那個，我覺得啊……從尊重學生自主、促進學生獨立的學校教育觀點來看，強迫學生實在有可議之處。」

「可惜學校是訓練學生適應社會的地方，進入社會後你的意見是行不通的，所以趁現在趕快習慣吧。」

話才說完，平塚老師的拳頭便飛過來正中我的腹部，痛得我一下子忘記呼吸。

老師看準我僵直的瞬間，抓住我的手。

「知道再逃下去會怎麼樣了吧？別老是煩勞我的拳頭。」

「已經確定是拳頭喔……」

要是再痛一次我可會吃不消。

走著走著，平塚老師像是想起什麼似地開口說：

「對了，就這麼辦。下次你要是再逃走，跟雪之下的比賽就直接算你不戰而敗，還要加上處罰，最好別指望三年便能畢業。」

不論是未來層面還是精神層面，我能逃的地方都被堵死了。

平塚老師走在我身旁，鞋跟敲擊地面發出喀喀聲響。不僅如此，我的手腕還被她抓著，就某種角度而言，我有點像是陪變裝成女教師的酒店小姐去上班兼消費。

不過有三點不同。首先，我並沒有付錢；第二，我並不是手臂被拉著，而是肘關節受到控制；最後一點，我完全不快樂，也不覺得興奮。

儘管手肘能碰到老師的胸部，我卻沒有半點喜悅，因為我就要被帶去那間社辦。

「老師，我不會逃跑的，讓我一個人過去吧。反正我總是獨來獨往，一個人根本不會有什麼問題，甚至到了不是一個人反而會心神不寧的地步。」

「別講得那麼孤獨，我想跟你一起去啊。」

這時，老師突然溫柔地笑了。她平常眼角總是往上吊，但此刻完全不同，那巨大的反差讓我不禁嚇一跳。

「與其讓你跑走再來懊悔，用拖的也要把你拖去比較不會讓我有心理負擔。」

「這理由太爛了吧！」

「那是什麼話？雖然心裡千百個不願意，但我是為了讓你脫胎換骨才這樣陪著你喔！多麼動人的師徒之愛啊。」

「這哪算是愛？如果這就是愛，我一點都不需要。」

「從之前那些藉口看來，你未免太彆扭……太彆扭的人，祕孔位置不是會相反嗎？你可別去蓋什麼聖帝十字陵。」（註9）

妳未免太愛看漫畫……

「坦率一點才討人喜歡。老是用冷眼看待人間，應該快樂不起來吧？」

註9　出自漫畫《北斗神拳》之劇情。

「世界上也不全是快樂的事。如果抱持快快樂樂就好的價值觀，就拍不出讓美國人痛哭流涕的電影。況且，悲劇當中總是能找出快樂。」

「這些言論非常典型呢。雖然現在常看到性格扭曲的年輕人，你卻已經算是病態的程度。你果然罹患高二生特有的疾病『高二病』。」

我在老師非常燦爛的笑容下被宣判為有病。

「咦？說是『病』也太過分了吧？而且，『高二病』是什麼？」

「你喜歡看動漫畫吧？」

我要求老師解釋，但她不予理會，逕自提出下個問題。

「嗯，是不討厭。」

「為什麼喜歡？」

「因為……那畢竟是日本文化之一，又是享譽全球的大眾文化，不肯承認反而很奇怪吧？而且從經濟層面來看，動漫畫帶來的龐大商機也不容忽視。」

「嗯，那一般文學呢？喜不喜歡東野圭吾或伊坂幸太郎？」

「是有在看，但老實說我比較喜歡他們成名前的作品。」

「你喜歡哪些輕小說書系？」

「ＧＡＧＡＧＡ文庫……還有講談社ＢＯＸ，雖然我不確定講談社那個算不算是輕小說。老師，您究竟想問什麼？」

「嗯……以不好的角度而言，你完全沒有違背我的期待，患有不折不扣的高二病。」

老師一臉訝異地望著我。

「所以說高二病到底是什麼……」

「高二病就是高二病，是高中生常有的思想型態，例如覺得耍彆扭很帥氣、常把『工作就輸了』這種很適合他們的網路流行語掛在嘴上、提到暢銷作家或漫畫家會說『比較喜歡他們成名前的作品』。他們瞧不起大受歡迎的東西，欣賞一些小眾玩意兒。此外，他們也瞧不起身為同類的御宅族，常常擺出一副頓悟一切的模樣說些彆扭的道理，簡單說就是一群討厭鬼。」

「討厭鬼……可惡！我幾乎完全符合，根本無法反駁！」

「不，我是在稱讚你。最近的學生很厲害，會跟現實妥協，讓當老師的都沒了動力，感覺只像在工廠工作。」

「『最近的學生』是吧……」

我不禁露出苦笑。這句話早已經用到爛啦。

當我覺得有點厭煩，打算反駁一下時，平塚老師盯著我的雙眼，聳聳肩膀說：

「你大概還想說些什麼，但就是那一點讓我深深覺得你有高二病。」

「……是嗎？」

「希望你別誤會，我是很認真在誇獎你。我喜歡不放棄思考的人，雖然你個性彆扭的地方實在很彆扭。」

對方直接表明喜歡之意，讓我一時為之語塞。我鮮少被人這麼說，因此不知該如何回話。

「就個性彆扭的你看來，雪之下雪乃這個人如何？」

「討厭的傢伙。」

這次我連想也不想就如此回答。我打從心底覺得她是個討厭的人，程度跟被人嘲笑「還是別改成水泥路吧（註10）」差不多。

「這樣啊。」

平塚老師露出苦笑。

「她是個很優秀的學生……不過，每個人都有每個人的煩惱。總之，她是個很溫柔的孩子。」

哪裡溫柔啦？我在心中暗自咂舌反駁。

「她一定也得了什麼病。她總是那麼溫柔又通情達理，但這個世界既不溫柔又不講理，她想必活得很辛苦。」

「姑且不論她是否溫柔或通情達理，至少我們對這個世界的看法差不多呢。」

我說完，老師露出「沒錯吧」的表情看向我。

「你們果然都很彆扭。我就是擔心你們沒辦法適應這個社會，才想將你們聚集在

註10　出自動畫電影《心之谷》之劇情。男主角天澤嘲笑女主角月島將「Country Road」改編成「水泥路」的舉動，因此月島覺得天澤是個討人厭的傢伙。

一起。」

「那裡不會是隔離病房吧……」

「或許喔。不過，你們這樣的學生滿有意思的，我很喜歡。說不定我只是想把你們留在身邊而已。」

老師開心地笑著，依然緊緊扣住我的手臂。這種類似綜合格鬥技的技巧八成也是從漫畫中學來的。我的手肘不斷發出討厭的咯吱聲，同時在老師豐滿的胸部上蹭來蹭去。

……呼，手臂完全受到控制，我很難掙脫。雖然心有不甘，但現在只能多享受一下這種觸感，真是可恨啊。

然後，我又想起乳房是成對的，所以前面提到的胸部應該用複數形才對。

× × ×

來到特別大樓後，老師大概不再擔心我會逃走，終於把手放開，但她離開時仍頻頻對我使眼色。那不是因為離情依依，而是充滿殺氣地暗示：「你知道逃跑的下場是什麼吧？」

我苦笑著步上走廊。

特別大樓的一隅相當安靜，連空氣都冷冰冰的。

應該還有其他社團在活動，這裡卻聽不到任何吵雜聲，不知是地點的關係，還是那個人——雪之下雪乃散發的奇特氛圍使然。

說實話，我打開門時心裡一片沉重，但就這樣落荒而逃也很不是滋味。

反正別理會她說的話就對了。不要想成是兩個人，我跟她是各自獨立的，彼此毫無瓜葛，這樣就不會有什麼尷尬之處，更不會覺得不愉快。

從今天開始，我要實行「一個人有什麼好怕的」計畫。第一點：見到旁人便視為路人。附帶一提，本計畫沒有第二點。

簡單來說，我之所以會覺得尷尬，在於「必須和她說話」、「要和對方好好相處」之類的強迫性思維。

當你搭電車時，總不會因為隔壁坐了人就覺得「糟糕，只有我們兩個人！好尷尬啊」，這是一樣的道理。

所以，我不必多想什麼，只要靜靜地看書就好。

我打開社辦的門，見到雪之下在讀書，姿勢和昨天一模一樣。

「……」

儘管打開門，我卻不知道該說些什麼。總之，我先在心中對她打聲招呼，然後走過去。

雪之下的視線在我身上停留一瞬間，下一瞬間又回到文庫本上。

「地方都已這麼小，竟然還無視我……」

雪之下直截了當地予以無視，害我以為自己是不是變成空氣。這不就和平常在教室的時候一樣嗎？

「你打招呼的方式真奇怪，哪一族的？」

「……妳好。」

我受不了雪之下的諷刺，改用幼稚園學到的方式問候，這次她笑了。

這大概是她第一次對我笑，我也發現她笑起來有酒窩，還會露出虎牙等小細節。

「午安，我以為你再也不會來呢。」

說實話，她露出笑容簡直是犯規，而且是馬拉度納「上帝之手」等級的犯規。這點我不得不承認。

「我、我只是因為逃跑就會被直接判輸才過來的，妳可千萬別搞錯喔！」

這段對話有點像愛情喜劇的內容，但男女生的立場相反吧？果然不行啊。

雪之下並沒有因此壞了心情，應該說她對我的反應毫無興趣，逕自繼續說道：

「先前被我講得那麼難聽，照理說應該不會想再來這裡才是……莫非你是被虐狂？」

「並不是……」

「那是跟蹤狂？」

「也不是。喂，妳為什麼要以我對妳抱持好感為前提？」

「難道不是嗎？」

這個女人，竟然把頭一偏擺出疑惑的樣子！雖然這模樣有點可愛，但我一點也不覺得賺到了。

「不是！妳未免太有自信，連我都受不了。」

「這樣啊，我還以為你一定很喜歡我。」

雪之下說這句話時，表情跟平常一樣冷淡，看不出什麼驚訝的神色。

雪之下的確長得很可愛。就連跟她毫無關聯、在學校裡沒有任何朋友的我，都知道這號人物。她無疑是校內屈指可數的美少女。

話雖這麼說，她的自信卻是高得不尋常。

「妳是經歷怎樣的成長過程，才能夠那麼樂觀？難道天天過生日或者男朋友是聖誕老人？」

否則她怎麼可以這麼自我感覺良好？

要是讓她那樣繼續下去，遲早會出狀況。最好在還有轉圜餘地時，引導她走回正途。

潛藏在我心中的善良人性開始騷動，我小心翼翼地挑選詞彙說道：

「雪之下，妳並不正常。那是天大的誤會，趕快去動前額葉切除手術吧。」

「為了你自己著想，說話最好修飾一下喔。」

雪之下發出「呵呵呵～」的笑聲看著我，恐怖的是她眼神沒有在笑。

不過，她沒有罵我「垃圾」或「人渣」什麼的，已算是值得嘉許。老實說，要不是她長得可愛，我早已一拳揍下去。

「嗯，對於處在底層的比企谷同學來說，我可能不太正常吧，但對我來說，這種思考方式是很正常的。依據經驗法則推測嘛。」

雪之下得意洋洋地挺起胸膛。就算是這種舉動，換成她來做就會變得有模有樣，真不可思議。

說得出這種話，代表她有戀愛方面的經驗吧？從她的外表看來是可以理解。

「經驗法則啊……」

「妳的校園生活一定很愉快。」

雪之下聽到我夾雜嘆息的低語，身體頓時一震。

「是、是啊。憑良心講，我的校園生活相當安定平和。」

她嘴巴這麼說，眼神卻不知為何飄往其他地方。多虧如此，我發現她從下顎到頸部的柔順曲線非常漂亮，因此多學到一項毫無用處可言的知識。

見到雪之下眼神游移不定的模樣，我慢好幾拍才察覺到自己的盲點。不，如果我冷靜下來，應該馬上就發現了。畢竟，那種高高在上、天生看不起別人的女生，怎麼可能建立正常的人際關係，更不用說要過著一帆風順的校園生活。

姑且還是問她一下吧。

「妳有朋友嗎？」

雪之下聽到我的問題，立刻轉移視線。

「這個嘛……能請你先定義怎麼樣到怎麼樣之間算是朋友嗎？」

「啊，不需要了，會講這種話的都是沒朋友的人。」

這是來自我的親身經驗。

不過說實話，我也不清楚怎樣的範圍內算是朋友，然後朋友跟熟人之間的差別又是什麼，有人能幫忙解惑嗎？

難道見一次面算朋友，天天見面就算兄弟？Mi Do Fa Do Re Si So Ra O？為什麼只有最後不是音階啊？整齊一點好不好（註11）！

況且，熟人和朋友的差異也很微妙，尤其是女孩子之間，在一個班級中就有同學、朋友、死黨之類的等級。這種差別又是怎麼來的？

回到正題。

「反正，我多少也想像得到妳沒有朋友啦。」

「我有說我沒有朋友嗎？而且，就算真的沒有，也不會對我造成任何損失。」

「哎呀，也是呢～～沒錯沒錯。」

我隨便應付一下雪之下投來的視線。

「不過妳明明很受大家歡迎，為什麼會沒有朋友？」

話才說完，雪之下又不高興地轉移視線。

「……你一定不會懂的。」

註11 出自NHK的兒童節目「Do Re Mi Fa多納島」的片頭曲歌詞。

她的臉頰似乎稍微鼓起來。

的確，我和雪之下截然不同，根本不會知道她的想法。就算她告訴我，我大概也很難理解。不論到哪裡，人與人都無法互相理解。

不過，我倒是能體會雪之下的孤獨。

「我並非不懂妳的意思，畢竟一個人也能過得很快樂，硬要跟別人在一起的想法才差勁。」

「……」

雪之下看了我一眼後，立刻轉回正面閉起眼睛，似乎在思考些什麼。

「明明喜歡單獨一個人，別人卻擅自同情你，那種感覺很討厭呢，我瞭解、我瞭解。」

「為什麼我會被你這種人當成同類……真教人生氣。」

雪之下像是要隱藏不滿似地撩起頭髮。

「雖然你我的水準相差很多，但喜歡獨處這點倒是有點像。」

雪之下如此說完，又補一句「讓我有點不甘心」，然後自嘲般地笑了。那笑容有些陰鬱，不過相當平靜。

「水準差很多是什麼意思……我對孤獨這件事可是有獨到的見解，稱我為『孤獨大師』也不為過。憑妳的程度也想談論孤獨，可會讓人笑掉大牙。」

「這種帶著悲愴的自信是怎麼回事……」

雪之下的臉上寫滿驚愕與無言。我讓她露出那種表情，心中不禁湧起一股成就感，因而用勝利的口氣說：

「妳明明受人歡迎還在那邊說什麼孤獨，實在太卑鄙囉。」

雪之下聞言，卻露出輕視我的笑容。

「想得真簡單，難不成你只靠脊髓反射過日子？你明白受歡迎代表什麼嗎？哎呀，你沒有那種經驗呢，是我考慮不周，真對不起。」

「要考慮就考慮仔細好嗎……」

她這種個性算是表裡不一吧？果然是個討人厭的傢伙。

「那麼，受歡迎到底是怎麼一回事？」

雪之下閉起眼睛，稍微思考一下我的問題，然後清了清喉嚨開口。

「對於從來沒有受過歡迎的你來說，可能會有些刺耳。」

「已經很刺耳了，妳放心。」

於是，雪之下做一個深呼吸。

反正我的心情已經不會變得更糟。先前的對話讓我覺得好像吃下一碗巨無霸拉麵，肚子撐得不得了。

「我從小就很可愛，身邊的男孩子都對我有好感。」

投降。

這根本是蔬菜加量人工調味料也加量的分量啦！

可是話都已說出口，我總不能在此認輸，只好忍耐著聽下去。

「大概是從小學高年級開始吧，在那之後一直都是如此……」

雪之下的表情和剛才不同，顯得有些陰沉。

五年以來時時刻刻接收到異性的好感，到底是什麼樣的感覺？

身為一個十六年來老是被異性厭惡的人，我實在無法理解。甚至連情人節時，媽媽都不送我巧克力了。那是陌生的世界，屬於笑得合不攏嘴的人生勝利組。她該不會單純是在炫耀吧？

——不過，其實也有道理。

儘管我們境遇不同，被迫承受最真實的情感無疑是件痛苦的事。

就跟赤裸裸地站在暴風中，和在班會被圍剿一樣痛苦。

一個人被推到黑板前，周圍的同學一邊拍手一邊喊著「道歉～～道歉～～」，同樣是地獄場景。

……那真的太難受。我在學校掉下眼淚，就只有那麼一次。

不過，現在的重點不是我。

「和被人討厭比起來，受人喜歡還是好多啦，妳太任性。」

大概是突然想起痛苦的過去，我才會脫口說出這句話。

雪之下聞言微微嘆一口氣，表情非常像在笑，實則不然。

「我從來不希望自己受人喜愛。」

她沒好氣地說著，又低聲補上一句：

「不過，如果大家都真心喜歡我，可能也不錯呢。」

「啥？」

她的聲音小得幾乎聽不見，我不禁再問一次。

這時，雪之下一本正經地看向我問道：

「如果你有朋友很受女孩子歡迎，你會怎麼想？」

「這是什麼蠢問題？我根本沒有朋友，一點也不用擔心。」

我的回答非常斬釘截鐵，充滿男子氣概。

連我都對自己毫不猶豫、幾乎要打斷雪之下說話的回答感到驚訝，她張著嘴巴卻不知要說什麼，大概是也嚇一跳吧。

「……有那麼一秒，我還以為你說出很帥氣的話。」

雪之下低下頭，頭痛似地按著太陽穴。

「不然，你想像一下你會怎麼做。」

「我會殺了他。」

她點點頭，似乎很滿意這個立即的答覆。

「看吧，你也會想讓對方消失。這就和沒有理性的野獸相同……不，甚至是禽獸不如……我以前念的學校有很多這樣的人，她們只能透過那種方式確認自己存在的意義，多麼悲哀啊。」

雪之下說完冷笑一聲。

不得女生人緣的女生——這種類型的人確實存在。十年來我學校也不是念假的，即使不是中心人物，從旁邊觀察亦能明白此事。不，應該說正因為我是個旁觀者才會明白。

雪之下一定是身處中心，才導致四面八方都是敵人。

這種人會遇上什麼問題，其實料想得到。

「小學時，我的室內鞋被藏了快六十次，其中有五十次是班上女生做的。」

「剩下的十次呢？」

「男生藏了三次，老師買走兩次，還有五次是被狗藏起來的。」

「狗也藏太多次了吧！」

這實在超乎我的想像。

「該驚訝的不是那裡吧？」

「我是刻意不追問啊！」

「因為這樣，我每天都得把室內鞋和直笛帶來帶去。」

雪之下一臉厭煩，我不禁同情起她的遭遇。

千萬別誤會，我絕不是出於小學時曾趁一早教室沒人而掉包笛子吹口的罪惡感才同情她！我是真的覺得雪之下很可憐，千真萬確！八幡絕不說謊！

「真是可憐妳啦。」

「是啊，非常可憐，誰教我那麼可愛。」

見到雪之下如此挖苦自己，我這回倒不那麼火大。

「不過這也無可奈何，畢竟沒有人是完美的。人既軟弱，內心又醜陋，容易因為嫉妒便把人一腳踢開。奇怪的是，越優秀的人卻活得越痛苦。你不覺得很諷刺嗎？所以我要改變人類，還有這個世界。」

雪之下的眼神相當認真，宛如寒氣逼人的乾冰，我覺得自己快凍傷了。

「妳好像是往錯誤的方向努力……」

「是嗎？但這樣總比你那種混吃等死的態度好太多。我……很討厭你接受自己軟弱的想法。」

語畢，她轉頭看向窗外。

雪之下雪乃是個美少女。這是不爭的事實，連我都不得不承認。

就旁人眼光看來，她品學兼優，完美得無可挑剔，但個性上的問題成為這塊美玉的致命瑕疵，而且那不僅是一點點的小瑕疵。

可是，她這個致命傷其來必有因。

我沒有完全相信平塚老師的意思，不過，雪之下雪乃的確有她自己的煩惱。

要藏起自己的煩惱、假裝合群、騙過自己與周遭人並不難，世界上大多數的人都是這樣做。例如，會念書的人考到高分時，只會說自己運氣好或僥倖得到的；美少女碰到羨慕自己外貌的恐龍妹，也會刻意說自己最近皮下脂肪變厚，強調她不美的一面。

但雪之下不會做那種事。

她絕對不會說謊。

她這種態度確實值得讚許。

畢竟我和她是一樣的。

雪之下說完，又重新看起那本文庫書。

看到那模樣，我突然有種難以言喻的心情。

——我厚顏無恥地認為，我們一定有哪裡相似。

不知為何，連現在這股沉默都讓我有種舒適感。

我感覺自己的心跳變快，彷彿想追過秒針的速度。

既然這樣……

既然這樣，我和她……

「雪之下，我跟妳當朋——」

「抱歉，沒有辦法。」

「拜託～～我都還沒有說完耶！」

雪之下斷然拒絕，還露出「嗚哇，好噁心」的表情。

這傢伙果然一點都不可愛！
愛情喜劇什麼的，給我爆炸吧！

3

由比濱結衣不時看人臉色

「你喔，連對烹飪課都有創傷嗎？」

我蹺掉烹飪課，結果被要求補寫家政報告，但交出報告後，又沒來由地被叫到教職員辦公室。

這個場景似曾相識。平塚老師，為什麼我又得聽您說教？

「老師，我記得您應該是教國文……」

「我同時負責學生生活輔導。鶴見老師把工作都丟給我。」

我往辦公室角落望去，發現他本人正在幫觀葉植物澆水。平塚老師瞄他一眼，再看回我這裡。

「我先聽聽你蹺課的理由，簡短地回答我。」

「沒有啦，我只是不太瞭解跟班上同學一起上烹飪課有什麼意義……」

「我也不瞭解你的回答有什麼意義。比企谷，你這麼討厭分組嗎？還是根本沒有組別願意讓你加入？」

平塚老師凝視我的臉，看起來真的很擔心。

「不不不，老師在說什麼啊？這可是烹飪課喔！如果不模擬實際狀況來練習就沒有意義。我媽媽都是一個人煮飯，所以一個人才是正確的！反過來說，分成小組上烹飪課是不對的！」

「那是兩回事。」

「老師，您是說我媽媽不對嗎？不可原諒！不管您接下來再多說什麼都沒用，我要回去了！」

我反駁老師之後，轉身要離開辦公室。

「你休想假裝成惱羞成怒的模樣開溜。」

……被發現了。平塚老師伸手揪住我的衣領，像是抓起小貓一般把我轉回來。

唔，或許我該吐舌頭說「嘿嘿♪糟糕～～☆」，比較有機會矇混過去。

平塚老師發出嘆息，敲了敲我的報告。

「到『製作美味咖哩的方法』為止還沒有問題，但是後面『首先，將洋蔥切成扇形，再切成薄片、加入佐料。就像膚淺的傢伙容易受影響，洋蔥切成薄片比較好入味』……誰叫你加入諷刺的？給我加入牛肉。」（註12）

「老師，請不要露出『我說得很棒吧』的樣子……看得我都不好意思……」

註12　「諷刺」之日文為「皮肉」。

「我也不想看這種東西。不用我多說，重寫。」

老師打從心底感到無奈，嘴巴叼起一根香菸。

「話說回來，你會做菜喔？」

平塚老師翻著我的報告，一臉意外地問道。真意外，咖哩這種東西，現在的高中生應該都會做吧。

「會啊。為了將來著想，這是理所當然的。」

「你到了想搬出去一個人住的年紀？」

「不，我不是那個意思。」

「喔？」

平塚老師用視線追問：「那是為什麼？」

「料理是家庭主夫的必備技能。」

聽到我的回答，平塚老師連眨好幾次刷上淡色睫毛膏的大眼睛。

「你想當家庭主夫？」

「這是我未來的選項之一。」

「不要用那種死魚眼談論夢想，眼睛至少要散發光芒啊！那麼，你對未來有什麼規劃？我先聽來參考參考。」

現場氣氛並不適合回答「妳先擔心自己的未來吧」，所以我乖乖給一個合情合理的答案。

「挑一間水準還可以的大學繼續念書。」

老師點了點頭。

「嗯，然後呢？打算從事什麼工作？」

「找個漂亮又能幹的女孩結婚，然後請她養我。」

「我問你什麼『工作』！給我回答職業類別！」

「就說是家庭主夫啊。」

「那叫小白臉！是最可怕的廢物！他們會假裝要跟妳結婚，突然就占領妳家甚至連鑰匙都自己打了一把再來是把家當也都搬過來一旦分手甚至連我的家具都搬走簡直是超級爛人！」

平塚老師鉅細靡遺又苦口婆心地規勸我，話語宛如連珠炮一樣。又因為她剛剛說得太激動，現在還喘不過氣，眼角也泛著淚水。

真是淒慘……看到老師那麼可憐，我忍不住想說些話鼓勵她。

「老師，請放心，我不會變那種人！我會好好做家事，成為超越小白臉的小白臉！」

「超級小白臉是什麼啊！」

我未來的夢想遭到否定，因而來到人生的分歧點。就在夢想即將被破壞的關鍵時刻，我試著以理服人。

「稱之為小白臉的確很不好聽，但我認為把名稱換成家庭主夫就不會那麼糟。」

「嗯？」
平塚老師瞪著我，椅子發出咯吱聲響，那是「我聽聽看你能說什麼」的意思。
「現代提倡兩性平等，女性在社會上當然越來越活躍，平塚老師也在當老師就是一個證明。」
「……嗯，的確。」
看來開場白成功了，這樣便能繼續下去。
「不用說也知道，隨著大批女性進入職場，男性將面臨僧多粥少的問題。畢竟從古至今不分海內外，職缺都不是源源不絕的。」
「唔……」
「舉例來說，假設某公司在五十年前有一百名員工，男性比重應該為百分之百，但當公司基於義務僱用五十名女性員工後，自然會有五十名男性必須另謀他處。光是簡單計算一下就有這麼多男性失去工作，若再考慮這幾年經濟不景氣的問題，男性員工勢必變得更少。」
我說到這裡，平塚老師摸著下巴陷入思考。
「繼續說。」
「現代公司不像以前一樣需要那麼多員工。電腦普及和網路發達讓他們講究效率，個人產能也大幅提升，結果社會上反而出現『你們太有幹勁也不好』的狀況。現在不就有『分時工作』之類的概念嗎？」

「確實是有。」

「此外，家電產品也有長足的進步，每個人都能依靠家電做好家事，即使是男生也一樣。」

「喂，等等。」

正當我說得口沫橫飛時，突然被老師打斷。她輕輕咳一下後，盯著我的臉說：

「那、那些機器並不好操作……不見得會那麼順利喔。」

「只有老師不會操作吧。」

「……什麼？」

老師把椅子一轉，往我的小腿一踢。痛死人啦！而且她還狠狠瞪著我。我趕快轉移話題，繼續說下去。

「總、總而言之！大家拚命打造出不用工作的社會，現在卻要求別人去工作或抱怨沒有工作，您不覺得很可笑嗎？」

完美的結論：工作就輸了！工作就輸了！

「唉……你還是那副死樣子。」

老師大大嘆一口氣，但馬上又想起什麼似地笑說：

「讓你吃一次女孩子烹飪的料理，說不定想法就會改變……」

她站起身，用力推著我的肩膀離開辦公室。

「等、等一下！老師要做什麼？會痛、會痛啦！」

「你去侍奉社學學勤勞的可貴。」

我的肩膀像是被老虎鉗緊緊夾住，最後整個身體被大力推出去。

當我轉頭要抗議被老師如此對待時，她毫不客氣地把門「砰」一聲關上，這是「我不聽任何爭辯反抗抗議不滿和頂嘴」之意。

要不要直接離開呢？

我才剛這麼想，剛才被老師抓住的肩膀立刻傳來一陣痛楚。若是逃走的話又要挨揍吧……能在這麼短的時間內讓我出現條件反射，真是恐怖的老師。

我別無選擇，只好去最近加入、叫做「侍奉社」什麼的詭異社團露臉。雖然名義上是個社團，我卻完全不瞭解活動內容。附帶一提，我更搞不懂那個社長。

她到底是怎樣？

×　×　×

雪之下一如往常在社辦裡看書。

簡單打過招呼後，我把椅子搬到離雪之下稍遠的位子坐下，然後從書包裡拿出幾本書。現在侍奉社完全變成為了少年少女而設立的讀書俱樂部。

結果這個社團到底是在做什麼？本來說要進行的比賽呢？

突然，這個問題的答案和造訪者微弱的敲門聲一起到來。

「請進。」

雪之下停止翻頁的動作，毫不馬虎地夾好書籤，抬頭對門應聲。

「打、打擾了。」

對方似乎很緊張，說話的聲音有點尖。

一個女生把門打開一點縫隙，接著從那道細小的空間鑽進來，彷彿不想被人看見她的動作。

那名女孩留著及肩的波浪狀棕髮，每走一步，頭髮便跟著晃動一下。她的視線不停游移，像在打探一般，一和我對上眼就發出小聲尖叫。

……我是什麼奇怪的生物嗎？

「怎、怎麼會有個自閉男！」

「……我是這裡的社員。」

自閉男是在說我嗎？還有這傢伙是誰？

老實說，我對她毫無印象。

不過，她看上去就像時下的高中女生，算是很常見的類型，亦即歌頌青春、外表光鮮亮麗的女孩子。她穿著短裙，長袖襯衫有三顆釦子沒扣，微微露出的酥胸掛著一個墜子，上面有心形飾品，再加上使用脫色劑染成的棕髮，不管怎麼看都是無視校規的打扮。

我從未和這種女生接觸過。不，應該說我從未跟任何女生接觸過。

但對方似乎認識我，讓我不太敢問她：「不好意思，請問您是哪位？」

這時，我發現她胸前的緞帶是紅色的。我們學校的制服緞帶有三種顏色，用來區分不同年級，紅色緞帶代表她跟我一樣是二年級生。

……不，我會注意到緞帶的顏色並不是因為在看她的胸部，而是剛好映入眼簾的緣故喔！順帶一提，她還滿有料的。

「總之，先坐下吧。」

我若無其事地拉開椅子請她坐下。我要在此強調，我並不是為了掩飾下流的心態才刻意展現紳士風範，這是發自內心不造作的溫柔。

哎呀，我真是紳士的典範，我時常穿著紳士服就是最好的證明。

「謝、謝謝……」

她猶豫一下，但還是照我的話坐下。這時，坐在對面的雪之下跟她對上視線。

「妳是由比濱結衣同學吧？」

「妳、妳知道我嗎？」

這位由比濱結衣被叫出名字後，馬上變得開朗起來。對她來說，能夠被雪之下認得似乎是某種地位的象徵。

「真厲害……妳該不會把全校同學的名字都記起來了吧？」

「沒那種事，像是你我就不知道。」

「這樣啊……」

「你不用沮喪，這算是我的錯。你渺小得讓我沒注意到，而我的心又太軟弱，總是想無視你的存在。」

「喂，妳是在安慰我嗎？這種安慰方式太爛了吧？最後好像還變成是我不對耶！」

「我不是在安慰你，是在諷刺你。」

雪之下絲毫不看我一眼，撥了撥落到肩上的頭髮。

「這個社團……好像滿有趣的。」

由比濱看著我和雪之下，眼睛閃閃發亮……難道這女孩的腦袋裡開滿小花嗎？

「並不會特別有趣……反而是妳的誤解讓我很不高興。」

雪之下朝由比濱投以冰冷的視線。由比濱見狀，連忙揮動雙手澄清：

「啊，不是啦，我只是覺得你們很自在的樣子！還有，那個……自閉男跟平常在班上的樣子完全不同，原來他會說話啊～」

「拜託，我當然會說話……」

我看起來溝通能力有那麼差嗎……

「這麼說來，的確呢。由比濱同學也是F班的吧？」

「咦？真的嗎？」

「你該不會不知道吧？」

聽到雪之下這句話，由比濱身子一震。

糟糕！

連班上同學都不記得自己的痛苦，我比誰都還能體會。為了不讓她受到同樣的打擊，我決定設法搪塞過去。

「我、我知道啊。」

「……那為什麼撇開視線？」

由比濱瞪著我。

「所以，你在班上都沒有朋友對吧，自閉男？看你老是賊兮兮的，樣子又噁心。」

啊～～我對這種「把人當笨蛋」的視線有印象，班上女生確實常用這種看髒東西的眼神看我，她應該是成天和足球社混在一起的其中一人。

搞了半天，原來是我的敵人啊，虧我還在乎她的感受。

「……這個蕩婦。」

我忍不住低聲咒罵，由比濱馬上氣得抗議：

「什麼？『蕩婦』是什麼意思！人家明明還是處——嗚、嗚啊！沒、沒事沒事！」

由比濱羞紅了臉，拚命揮手要收回差點衝口而出的字眼。看來她不過是個傻瓜。雪之下看到她那麼慌張似乎有意相助，因此說道：

「這沒什麼好害羞的吧？這個年紀還是處——」

「哇～～啊～～妳說什麼！都高二了還沒有經驗很丟臉耶！雪之下同學，是妳不夠有女人味吧？」

「…………這種想法真不值。」

喔喔，不知怎地，雪之下變得更冷淡。

「不過啊，會說『女人味』這種話，更代表妳是個蕩婦。」

「你又這麼說！怎麼可以講人家是蕩婦！你真的很下流耶，自閉男！」

由比濱憤恨地發出嗚嗚低吟，含著眼淚看向我。

「罵妳『蕩婦』和我下不下流無關。還有，別叫我自閉男。」

講得我好像是個家裡蹲似的……啊，所以她是在罵我吧？這八成是班上同學幫我取的難聽綽號。

……好過分，我都快哭出來。

背地裡說人壞話是不對的。

所以，我要在對方面前說。只有讓對方親耳聽見，才能造成傷害！

「妳這個蕩婦。」

「你……這……太差勁了！噁心到極點！去死！」

她這句話，甚至讓平時溫良恭儉讓、有如安全刮鬍刀的我陷入沉默。世界上有許多不該說的話，特別是和人命有關的話，更有強烈的刺激作用。除非做好背負他人性命的覺悟，否則不該輕易說出口。

為了糾正由比濱，我沉默一會兒，帶著怒意鄭重開口。

「別隨便叫人『去死』或說『殺了你』什麼的，小心我宰了妳。」

「啊……對、對不起，我沒有那個意思……咦？你也說啦！你還不是一樣！」

察覺自己吃虧的由比濱看起來實在很傻。不過意外的是，她肯向人低頭道歉。

我對由比濱的印象開始有些不同。我原以為常跟她在一起的那群人，亦即足球社社員和其他同伴都是那樣子，滿腦子只有玩樂、性愛和嗑藥。這是村上龍的小說嗎？

由比濱似乎吵累了，因而輕輕嘆一口氣。

「那個……我聽平塚老師說，這裡可以幫學生實現願望。」

「是喔？」

我還以為這裡是整天看書混時間的社團。

雪之下完全不理會我的疑問，直接回答由比濱的問題。

「有點不同。侍奉社只是提供幫助，至於願望能不能實現，得看妳自己。」

這句話像是無情地拒絕對方的求助。

「哪裡不同？」

由比濱驚訝地問道，這同時是我的疑問。

「差別在於是『給人魚吃』，還是『教人釣魚』。志工服務原本是要提供別人自助的方法，而不是直接給予結果。讓對方能夠自立，算是最接近的說法。」

這種話聽來像是出自公民課本，不論去哪間學校都會看到這類課題。

這樣看來，兼顧「自立」與「合作」應該是這個社團的活動宗旨。老師也不斷說著勤勞什麼的，所以這應該是個為學生而努力的社團。

「聽、聽起來好了不起！」

由比濱露出恍然大悟的表情。看她那個樣子，感覺以後會被騙進一些奇怪的宗教團體，有點教人擔心。

有句話說胸大無什麼的，雖然毫無科學根據，眼前倒是出現真實例證。反觀雪之下，她的頭腦靈活又伶牙俐齒，胸前則像一塊洗衣板。

此刻，雪之下依舊冷笑著說：

「我不保證能實現妳的願望，但會盡量幫助妳。」

由比濱這時才發出「啊」的一聲，想起原本的目的。

「那、那個……能不能……餅乾……」

她說得吞吞吐吐，而且還看了看我。

我又不是餅乾。雖然班上同學視我為空氣，但就算發音很像，餅乾和空氣還是八竿子打不著關係（註13）。

「比企谷同學。」

雪之下用下巴示意走廊的方向，那是要我滾出去的意思。不過，她大可不用那樣打暗號，只要溫柔地對我說「你很礙眼，可以麻煩先離開嗎？如果你能就此不再回來，我會更高興」不就好嗎？

註13 「空氣」和「餅乾」的日文發音相似。

如果是只能講給女孩子聽的事，我也無可奈何。世界上總有這種事，從「健康教育」、「隔離男同學」、「女同學到別間教室上課」這幾個詞語便能看出端倪。

……話說回來，女同學們到底在上些什麼？我到現在還是很好奇。

「……我去買罐『SPORTOP』。」

我察覺出現場的氣氛，若無其事地採取行動。哎呀～～我真是溫柔。如果我是女生，一定會愛上自己。

當我要打開門時，雪之下似乎想到什麼，在我背後說道：

「我要『野菜生活１００』的草莓優格。」

能恣意叫人跑腿的雪之下同學真不簡單。

×　×　×

來回特別大樓三樓到一樓的時間不超過十分鐘。若是我慢慢走過去再走回來，她們應該也談完了。

不論如何，由比濱都是我們的第一位委託者。也就是說，我和雪之下的比賽正式開始。反正我根本沒有勝算，只要想辦法盡量減少傷害就好。

福利社前面的神祕自動販賣機中，有賣一般便利商店找不到的紙盒裝奇異飲料。那些飲料很像某些品牌的山寨版，不過味道還不錯，所以不容小覷。

其中一款名為「SPORTOP」的運動飲料深得我心。如同粗製點心的味道、等於公然挑戰最近標榜無糖低熱量的作風，讓我很欣賞它的反骨精神，而且味道也不差。

我把百圓硬幣投入嗡嗡作響、如同一座空中要塞的自動販賣機，買了SPORTOP跟野菜生活後，又投一枚百圓硬幣。

三人當中只有兩個人有飲料，總覺得怪怪的，所以我也幫由比濱買一罐「男人的咖啡歐蕾」。

以上總共花費三百圓，我身上的財產因此失去一半，已經快破產啦。

×　×　×

「太慢了。」

雪之下一開口就是抱怨，然後從我手上搶過野菜生活，插入吸管喝了起來。

我手上還有SPORTOP和男人的咖啡歐蕾，由比濱似乎發現那罐咖啡歐蕾是為誰買的。

「……給你。」

由比濱從形似小肩包的零錢袋裡取出百圓硬幣。

「喔，不用啦。」

雪之下也沒付錢，何況，我沒有問過由比濱便擅自買了這罐飲料。雖然有理由跟雪之下收錢，但我沒道理要由比濱付帳。

我沒有拿由比濱手中的硬幣，直接將咖啡歐蕾放到她手上。

「那、那怎麼行！」

由比濱堅持要我收下，但我不想煩這種該不該付錢的問題，索性往雪之下走去。由比濱咕噥一聲，不甘不願地收起零錢。

「……謝謝。」

由比濱小聲道謝後，笑嘻嘻地雙手握住咖啡歐蕾，表情有些害臊。這可是我人生中聽過最棒的一句謝謝。

只花一百圓就得到這種笑容，真是划算。

我帶著滿足的心情，向雪之下問起剛才的事。

「妳們談完了嗎？」

「嗯，多虧你不在，我們談得很順利，謝啦。」

這是我人生中聽過最差勁的一句謝謝。

「……真是太好了，我們要怎麼做？」

「去家政教室，比企谷同學也一起來。」

「家政教室？」

就是那個嘛！和志同道合的人湊成一組，進行名為烹飪的拷問活動，如同鐵娘子刑具一般的教室。裡頭還有菜刀和瓦斯爐之類的東西，非常危險，應該要禁用、禁用才對。

「去那裡幹嘛？」

家政教室和體育課、遠足並列為三大創傷聖地，平常根本沒人想主動踏進去。想到三五好友開心聊天時，我一加入他們馬上陷入沉默，那種感覺真不好受。

「我……我要做餅乾……」

「啥？餅乾？」

我聽得一頭霧水，只能如此回應。

「由比濱同學想自己做餅乾送給某個人，但她沒有自信，所以想請我們社團幫忙。」

雪之下為我解開疑惑。

「為什麼我們得幫忙啊……這種事不是應該拜託朋友嗎？」

「嗚……那、那是因為……我不想讓別人知道嘛。要是被她們知道，一定會被當成笨蛋……這種事不適合找朋友啦……」

由比濱回答時，視線不斷游移。

我忍不住微微嘆一小口氣。

說實話，我想不出什麼比關心他人戀情更無聊的事。與其知道誰喜歡誰，多記一個英文單字還比較有意義，更別說我還得為此幫忙。

我對於戀愛話題，就是不感興趣到這種地步。

本來還以為她們是要討論什麼嚴肅的話題，結果卻是這個……不過這樣一來，我也放心了。反正有人來問愛情上的煩惱，只要回答「加油！妳一定可以的～～」就好；萬一對方失敗，再用「那男的爛透了～～」解決即可。

「啊！」

想到這裡，我忍不住噗哧一笑，同時和由比濱對上視線。

「啊、啊嗚……」

由比濱低下頭無言以對。她緊抓住裙襬，肩膀微微顫抖。

「哈、哈哈……很、很奇怪對吧？像我這樣的人做手工餅乾，只會被認為是在裝純情……對不起，雪之下同學，我看還是算了。」

「妳要放棄我是無所謂……不過，妳不用管那個男的。他現在沒有人權，我會強迫他幫忙。」

看來日本憲法不適用在我身上，這是哪家黑心企業？

「哎呀～～不用不用啦！畢竟真的很可笑，也不適合我……而且我之前問過優美子和真理，她們也說現在不流行這種東西。」

由比濱說完瞄我一眼。雪之下則像要補上幾刀似地說：

「……嗯，送手工餅乾的確不像妳這種外貌光鮮亮麗的女生會做的事。」

「就、就是說嘛，很奇怪呢～～」

由比濱配合雪之下的說法，「哈哈哈～」地笑著，略微低垂的視線不經意地與我交會。在她的注視下，我好像也得回答些什麼才行。

「……我不是覺得妳這樣做很奇怪或不適合妳或跟妳個性不合還是與妳不配什麼的，單純只是缺乏興趣罷了。」

「你還說得更過分！」

由比濱氣得拍桌抗議。

「真想不到你會說這種話，自閉男！啊～～我生氣了！告訴你，我只要肯用心，什麼都辦得到！」

「這不是妳說了算，而是要讓老媽淚眼汪汪地看著妳說出這句話，像『我以為你只要肯用心，什麼都辦得到』這樣。」

「你媽媽早已經放棄你吧？」

「非常適切的判斷。」

由比濱眼角泛淚，雪之下則大力點頭。

少管閒事！

不過，被媽媽放棄的確很悲哀。

對幹勁十足的由比濱潑冷水讓我過意不去，而且這是在比賽，我只好不太甘願地答應幫忙。

「雖然我只會煮咖哩，但就幫妳的忙吧。」

「謝、謝謝。」

由比濱這才放下心。

「沒人期待你的廚藝，你只要幫忙試吃和發表意見即可。」

如同雪之下所言，如果是要提供身為一個男生的意見，我的確能派上用場。畢竟有許多男生討厭甜食，我應該可以幫忙試出適合他們的口味。而且我幾乎不挑食，大部分的食物我都覺得很好吃。

……這樣幫得上忙吧？

× × ×

家政教室充滿香草精的甘甜氣味。

雪之下熟練地打開冰箱，取出雞蛋和牛奶等材料，接著又拿出磅秤和碗，鏗鏗鏘鏘地準備好杓子以及其他料理用具。

她是萬能超人嗎？說不定連廚藝都十分精湛。

雪之下快速準備好後穿上圍裙，即將進入今天的重頭戲。

由比濱同樣穿上圍裙，但似乎不太熟練，綁個結都亂七八糟。

「妳的結歪了。難道妳連圍裙都不會穿嗎？」

「對不起，謝謝……咦！圍裙我還會穿啦！」

「嗯，那就把它穿好。做事若隨隨便便，會變得像那個男的一樣無可救藥。」

「別拿我當教材！妳以為我是生剝鬼（註14）嗎？」

「這是你這輩子第一次幫助別人，高興一點吧……對了，雖然我說你是生剝鬼，不過對你的頭皮並沒有任何特殊指涉，這點你可以放心。」（註15）

「我從來不會擔心這點……別這樣，不要用那種溫柔的笑容看我的頭髮……」

為了擺脫雪之下平常絕不會露出的笑容，我用手蓋住髮線。

由比濱在稍遠處觀察我們，並且呵呵笑著。她身上的圍裙還是沒穿整齊。

「妳還沒穿好啊？其實根本不會穿吧……唉，過來，我幫妳綁。」

雪之下無奈地對由比濱招手。

「……這樣好嗎？」

由比濱來回看著我和雪之下，有些猶豫地低喃，看來像找不到地方的小孩。

「快一點。」

雪之下冰冷的聲音打斷由比濱的猶疑。她似乎是感到不耐煩，感覺有點可怕。

「對對對對不起！」

由比濱立刻直奔過去。請問妳是小狗嗎？

雪之下繞到她背後，重新把結綁好。

「總覺得……雪之下同學好像我的姐姐喔。」

註14　日本民間流傳的妖怪，會四處尋找怠惰者。

註15　「生剝鬼」與「禿頭」的日文發音相近。

「我的妹妹哪有這麼笨手笨腳。」

雪之下嘆一口氣，臉上淨是「敗給妳了」的表情，不過，我覺得由比濱的形容意外地貼切。成熟穩重的雪之下和娃娃臉的由比濱，真的很像一對姐妹。

而且，這種感覺還滿居家的。

我要聲明一下，只有老頭子才會在這時主張裸體圍裙比較好，我認為制服搭配圍裙才是極品。

我的心裡湧起一股暖意，嘴角不禁浮現笑意。

「自、自閉男，我問你喔……」

「什、什麼事？」

糟糕，我剛剛好像露出讓人不舒服的笑容，因此下意識回應由比濱時的聲音又變尖，教人更不舒服，真是負面的相乘效果。

「你、你覺得居家型的女生如何？」

「是不討厭啦。男生多少會嚮往和這類女生交往吧。」

「這、這樣啊……」

由比濱聞言，放心地露出微笑。

「好，我要加油！」

由比濱捲起衣袖，開始打蛋，接著加入小麥粉、砂糖、奶油、香草精等材料。

連對料理不甚瞭解的我都看得出，由比濱的手藝非比尋常。或許有人覺得不過是做個餅乾而已，但正因為是簡單的東西，才更容易分出優劣。因為無法使用小技巧，更能看出廚師的真正實力。

首先是打蛋，但由比濱竟然連蛋殼一起打進去。

接著是放入麵粉，通通糊成一團。

再來是奶油，完全沒融化。

加入砂糖時理所當然地放成鹽，香草精則宛如不用錢似地猛加，牛奶更是差點滿出來。

至於雪之下呢？她面色慘白地扶著額頭。連廚藝不佳的我都感到一陣寒意，擅長做菜的雪之下想必更是恐懼萬分。

「接下來……」

由比濱拿出即溶咖啡。

「配咖啡吃餅乾嗎？嗯，有點喝的東西會比較好下嚥，妳準備得還挺周到的。」

「啊？不是喔，這是用來調味。男生通常不是都不愛吃甜食嗎？」

由比濱一面加入咖啡，一面把頭轉向我說道。由於她的視線不在自己手上，結果碗裡瞬間堆成一座黑色小山。

「那已經不只是調味吧！」

「咦？啊，那就加點砂糖調整。」

她又在黑色小山旁蓋起一座白色小山，然後兩座山被蛋汁海嘯淹沒，最後變成一個地獄。

我先下結論——由比濱缺乏料理技能。並不是說她的技能高或低，而是根本沒有。

由比濱不僅沒有廚藝，又非常隨興，還在無用的地方發揮創意。她實在不適合踏進廚房，我也絕不想和她一起做化學實驗，說不定一個不小心就一命嗚呼。

那玩意兒烤好後，不知為何很像全黑的蛋糕，光是用聞的就知道很苦。

「怎、怎麼會這樣？」

由比濱一臉錯愕地看著那個物體X。

「我無法理解……為什麼妳能出那麼多錯……」

雪之下低聲說道。她大概是有所顧慮，不想讓由比濱聽見，但還是忍不住說出口。

由比濱將物體X堆到盤子裡。

「雖然外表不怎麼樣……但味道要吃了才知道！」

「說的也是，剛好這裡有人幫忙試吃。」

「哇哈哈哈！雪之下，難得妳會講錯話……這叫做試毒啊！」

「這哪裡是毒！毒？嗯～～真的有毒嗎？」

由比濱大聲吐槽，隨後卻顯得不安。她微微歪著頭，用眼神問我「你覺得呢」，但這不用問也知道吧？

我不理會由比濱宛如小狗乞憐的視線，轉而向雪之下開口。

「喂，真的要吃這種東西喔？這根本是JOYFUL本田（註16）賣的木炭。」

「她使用的食材都是能吃的東西，應該不會有問題……吧？而且——」

雪之下暫時打住，湊到我耳邊小聲說：

「真的嗎？沒想到妳其實是個好人呢。還是妳暗戀我？」

「我也會吃，你放心。」

「……你還是自己一個人吃到死吧。」

「抱歉，我只是嚇一跳而已，所以不小心說出奇怪的話。」

這只不過是點心而已……不，我也不知道眼前這盤東西算不算點心。

「我是請你來試吃，不是來善後。再說，接受她委託的人是我，我會負責。」

雪之下說完，把盤子拿到我面前。

「不找出問題就不能妥善解決，所以現在得冒個險也是逼不得已的事。」

即使跟我說這些黑色物體是鐵礦石，我都很有可能信以為真。雪之下拈起一片，看著我的眼睛好像有點溼潤。

「……應該不會死吧？」

「我才想問呢……」

我如此回答雪之下，同時看向由比濱。她正看著我們，露出一副很想加入的眼

註16　日本的家庭用品連鎖量販店。

神……那正好，也讓她吃幾片，好好體會一下我們的痛苦。

×××

我好不容易才勉強吞下由比濱烤的餅乾。

真的有夠難吃。雖然我沒有像漫畫那樣，吃下去後馬上吐出來且不省人事，但我覺得直接昏倒可能還比較好。要是真的昏倒，就不用再吃了。

這餅乾的味道讓我懷疑是不是加入秋刀魚的內臟，不過這也代表吃了不會馬上死亡。但從長期的觀點來看，吃下這種餅乾導致罹癌風險提高，然後過幾年發病死亡也不會太奇怪。

「嗚～～好苦好難吃哦～～」

由比濱一邊掉眼淚，一邊喀滋喀滋地啃餅乾。雪之下立刻遞杯茶給她。

「最好不要咬碎，搭配飲料把它吞下去。還要小心別碰到舌頭，這餅乾像是烈藥一樣。」

少若無其事地說出這種話啊。

雪之下從茶壺倒出剛燒好還在冒煙的熱水，為我們泡紅茶。

三人吃完平均分配的餅乾後，喝紅茶沖掉口中的味道，這時我才感覺好一點，因而呼出一口氣。

雪之下為了重振大家的精神，首先開口：

「那麼，我們來思考怎麼樣才能改善問題。」

「由比濱再也不要下廚。」

「完全否定我？」

「比企谷同學，那是最後的解決方案。」

「要那樣解決問題嗎？」

由比濱先是錯愕，之後又滿臉失望，無力地垂下肩膀，深深嘆一口氣。

「我果然不適合做料理……這是靠天分的嗎？可是我又沒有天分。」

雪之下聞言，跟著嘆一口氣。

「……原來如此，我知道方法了。」

「要怎麼做？」

她淡然地回答我：

「只能努力。」

「這算是解決的方法嗎？」

依我的想法，努力是最差勁的解決之道。

沒有其他任何可能，唯有努力一途——反過來說，這代表事情已發展到束手無策的地步，說穿了就跟沒有辦法沒什麼兩樣。既然沒有希望，直接要對方放棄還比較輕鬆。沒有什麼事比白費功夫更讓人空虛。讓對方徹底死心，把那些時間和精力投注到其他事情上才有效率。

「努力是很好的解決方法，前提是做法要正確。」

雪之下彷彿看穿我的想法。妳是超能力者嗎？

「由比濱同學，妳剛剛說自己沒有天分對吧？」

「咦？啊，是的。」

「請妳改掉那種想法。連最基本的努力都不做的人，沒有資格羨慕有才能的人。失敗者就是因為不懂成功者都是一點一滴地累積努力，所以才會失敗。」

雪之下這番話非常苛刻，但無懈可擊，完全沒有反駁的餘地。

由比濱無言以對的臉上出現困惑和畏懼，她或許沒有像這樣被當面訓斥過。

接著，由比濱如同要掩飾般地故作笑容。

「可、可是，現在大家都不做餅乾啦……而且，這種事果然不適合我。一定是這樣子！嘿嘿……」

當由比濱羞澀的笑聲快消失時，雪之下放下茶杯發出「喀」的一聲。那聲音儘管平靜，聽起來卻像冰一般澄澈。我和由比濱不由得看向雪之下，發現她全身散發出銳利的氣息。

「……可不可以請妳不要老是迎合別人？我看了就覺得煩。自己笨拙、不堪、愚蠢的根源在哪裡，都還要去問別人，妳不覺得這樣很丟臉嗎？」

「哇、哇啊……」

雪之下的措辭非常強烈，毫不掩飾厭惡之情，連我都要退避三舍、低呼連連。

「……」

由比濱震懾於雪之下的氣勢而陷入沉默。由於她垂下頭，我看不到臉上的表情，不過從她緊抓裙角的舉動看來，已足以猜出她的心情。

由比濱一定很擅長與人溝通吧。能成為班上高調一族的成員之一，除了相貌因素之外，勢必也需要相當的協調性。反過來說，這意味她善於迎合他人，但缺乏勇氣，不敢冒著可能孤獨一人的風險貫徹自我。

另一方面，雪之下則是徹底的自我中心派。她的行動力不在話下，行為舉止也像是為自己的獨來獨往而自豪。

她們各自屬於完全不同的類型。

用角力形容的話，明顯是雪之下占上風，而且她說的話相當有道理。

由比濱溼了眼眶。

「我……」

她大概想說「我要走了」，快要哭出來的聲音小得幾乎聽不見。再加上她的肩膀微微顫抖，聲音更顯得軟弱無力。

「我覺得雪之下好帥氣……」

「「啥？」」

她在說什麼？

我跟雪之下不約而同地開口，兩人面面相覷。

「妳完全不說場面話耶……該怎麼說呢？我覺得這樣好帥氣……」

由比濱熱切地盯著雪之下，雪之下則是一臉僵硬地往後退兩步。

「妳、妳在說什麼啊……妳有聽懂我的話嗎？我可是說得很不客氣。」

「不會！沒那種事！啊，妳的確說得很過分，我有點被嚇到，但是……」

嗯，沒錯。老實說，我沒想到雪之下會對一個女生這麼不客氣，連我都有點嚇到。不過，由比濱似乎不只被嚇到而已。

「我覺得妳說的都是實話。妳和自閉男講話時，雖然也都在互相攻擊……但你們確實有在溝通。我老是看別人的臉色過日子，頭一次遇到這種情況……」

由比濱並沒有逃走。

「對不起，我下次會好好努力。」

她道歉後，眼睛直視雪之下。

雪之下面對那意料之外的視線，反而想不出該回答什麼。

「……」

對雪之下而言，這也算是她的初體驗吧。很少有人被訓斥後還會誠心道歉，大部分的人都是漲紅臉惱羞成怒。

雪之下移開視線、撥弄頭髮，看來她正在腦中尋找詞彙，卻又找不到。這傢伙真不懂得隨機應變。

「……雪之下，妳就教她正確的做法吧。由比濱，妳也要認真聽。」

我打破她們之間的沉默。雪之下輕嘆一聲，點頭說道：

「我示範一次，然後請妳照著做。」

她站起身，迅速開始準備，然後捲起袖子、打蛋攪拌、算好要加入的麵粉分量並讓粉末完全溶解不結塊，接著加入砂糖、奶油、香草精等材料。

其動作之熟練，和剛才的由比濱有如天壤之別。

雪之下不一會兒就做好麵團，然後用模具壓出愛心、星星、圓形等不同形狀。鐵盤上已先鋪好錫箔紙，雪之下小心翼翼地放上麵團，最後放進預熱過的烤箱。

不消多久，難以言喻的香味便飄出來。

事前都已準備得那麼齊全，結果當然可想而知。

出爐的餅乾看起來美味可口。

雪之下把餅乾放上餐盤，遞過來給我們。

這些餅乾呈現焦黃色，和詩○莉賣的一樣精緻，稱之為餅乾的確當之無愧。

我心存感激地拿起一片餅乾。

餅乾一進入口中，我臉上的表情馬上融化。

「好好吃！妳是什麼顏色的蛋糕師嗎？」（註17）

我誠實說出自己的感想，忍不住再吃一片，這次味道同樣美味。一想到之後可

註17　暗指漫畫《夢色蛋糕師》。

能不再有機會吃女生做的餅乾，我又拿起第三片。由比濱烤的不算是餅乾，所以不列入計算。

「真的好好吃喔……雪之下同學，妳好厲害！」

「謝謝。」

雪之下露出微笑，笑容裡沒有半點惡意。

「不過，我只是照著食譜做而已，所以妳一定也辦得到，做不出來反而奇怪。」

「直接拿這個送人不就好嗎？」

「那就失去意義了。來，由比濱同學，加油吧。」

「好、好的……我真的能像雪之下同學一樣，做出這麼好吃的餅乾嗎？」

「是啊，只要照著食譜做，一定不會有問題。」

雪之下不忘叮嚀。

於是，由比濱再次進行挑戰。

她像剛才雪之下的翻版，做著一模一樣的動作。因為現在在做餅乾，我才特地用「翻版」形容，真是厲害的比喻（註18）。

等一下出爐的餅乾一定也很美味吧，這個說法真棒（註19）。

然而……

註18 此處的原文為「焼き直し」，有重烤和翻版之意。

註19 日文「うまい」有「食物美味」和「好」之意。

「由比濱同學，不是那樣，撒麵粉時要盡可能畫圓形。妳知道圓形的意思嗎？小學應該學過吧？」

「攪拌時要把碗按住，妳那樣整個碗都在轉，根本沒有好好攪拌，而且動作不是繞圈，是要搗散蛋黃。」

「不對、不對啦，不需要加調味料，還有水蜜桃留待下次吧。另外，妳加那麼多水，生麵團會報銷的！」

雪之下竟然陷入混亂，而且好像已精疲力竭。

好不容易將麵團送入烤箱時，她已經累得頻頻喘氣，平時那張撲克臉也冒著汗。

打開烤箱後，和先前類似的香味飄出來。不過……

「好像不太一樣……」

由比濱陷入沮喪。

實際品嘗過後，我發現味道的確和雪之下烤的明顯不同。

不過，這樣至少有達到可以稱之為餅乾的水準，比第一次烤出來的木炭進步許多。而且，如果只當作一般的食物，也沒有什麼好挑剔。

但是，由比濱和雪之下似乎都不太滿意。

「……應該怎麼教妳，妳才聽得懂呢？」

雪之下垂頭低語，絞盡腦汁思考。

看到她的模樣，我忽然覺得，她八成不知道該怎麼指導別人。

正因為雪之下是個天才，她絲毫無法體會做不到的人的心情。她完全不明白，為什麼別人會在那些地方犯錯。

「照著食譜做就好」這種說法，和「數學只要套公式就好」一樣。

可是，對於不擅長數學的人來說，他們首先就不瞭解公式為何存在，以及套公式為什麼能導出答案。

對雪之下而言，她無法理解為什麼由比濱無法理解。

我這樣說，聽起來好像是雪之下不對。

但事實不然，雪之下其實很努力。

問題在於由比濱。

「為什麼烤不好呢？我都有照妳說的做啊……」

由比濱打從心底感到不解地再拿起一片餅乾。

真正聰明的人也要會教人，要讓再笨的人都能聽懂——這句話肯定是騙人的。牛牽到北京也是牛，聽不懂的人再怎麼教還是聽不懂。

那道鴻溝不管怎麼填補，都補不起來。

「嗚～～吃起來就是和雪之下同學做的不一樣。」

由比濱相當消沉，雪之下也是頭痛不已。

我看著她們兩人，同時又吃一塊餅乾。

「我說啊……我從剛剛就一直在想，為什麼妳們堅持要烤出好吃的餅乾？」

「什麼?」

由比濱對我露出「這傢伙在說什麼?是處男嗎」的表情。她擺明把我當成笨蛋,讓我有點不爽。

「妳是笨蛋嗎?身為一個蕩婦怎麼會不懂?」

「別叫我蕩婦啦!」

「看來妳一點都不懂男人心。」

「有、有什麼辦法!我又沒交過男朋友!雖、雖然我有很多朋友在跟男生交往……我、我是為了配合她們才會變成這樣……」

由比濱的聲音越來越小,幾乎快聽不見。講大聲一點啦,妳是上課時被點名回答問題的我嗎?

「由比濱同學的下半身怎麼樣不是重點。比企谷同學,你到底想說什麼?」

下半身……這個詞最近連在電車的垂吊廣告裡都很少出現,妳到底幾歲?

我賣完關子,像是要炫耀勝利般地笑了。

「呼……看來兩位沒吃過真正的手工餅乾。麻煩請在十分鐘後回來這裡,我會讓妳們品嘗『真正的手工餅乾』。」

「什麼?好大的口氣,我就看看你有什麼本事!」

由比濱聽到自己做的餅乾被否定而受到刺激,因此拉著雪之下離開教室,消失在走廊上。

接下來輪到我登場！這是一場「終極煩惱諮商」和「最強煩惱諮商」的頂尖對決。

× × ×

十分鐘後，家政教室籠罩著一股緊張氣氛。

「這就是『真正的手工餅乾』？形狀不怎麼樣、歪七扭八的，而且還東焦一塊、西焦一塊……這到底是……」

雪之下詫異地看著桌上的東西，由比濱也從她身旁看向這裡。

「哇哈哈哈！剛剛還聽你說大話，根本沒什麼了不起嘛。笑死人啦！這種東西連吃都不需要吃！」

由比濱突然發出嘲笑……不，那簡直是在大笑，給我記住！

「等一下，先別這麼說。來，吃看看。」

我強忍住抽搐的嘴角，保持風度地微笑。我要用這個笑容告訴她們，我早已做好萬全的準備，還會扭轉局面。我有把握贏得勝利。

「既然你這麼說……」

由比濱緊張地把餅乾放入口中，雪之下也默默拿起一片。

餅乾咬下去發出清脆的聲響，接著是一陣沉默。

如同暴風雨前的寧靜。

「這、這是！」

由比濱的眼睛睜得好大。味覺傳到腦部後，她開始尋找適合的形容詞。

「根本沒什麼特別的，咬起來還一粒一粒的！老實說，不怎麼好吃！」

由比濱從原先的驚訝轉為生氣。或許是變化太大的關係，她還開始瞪我。

雪之下沒說什麼，只對我投以訝異的視線，看來她察覺到了。

我在兩人的注視下，垂下視線開口：

「是喔，不好吃啊……我可是很努力呢。」

「啊……對不起。」

我垂下頭後，由比濱也尷尬地看向地板。

「抱歉，我拿去丟掉。」

語畢，我搶過盤子轉過身。

「等、等一下啦。」

「……又怎麼？」

由比濱拉住我的手。她沒有回答我，而是一把抓起奇形怪狀的餅乾塞進口中，並且「喀滋喀滋」地咬碎餅乾。

「也、也不到丟掉的地步吧……而且沒有那麼難吃。」

「……這樣啊。妳還滿意嗎？」

我帶著笑容問道，由比濱點點頭後立刻別過頭。夕陽從窗戶照進來，在她的臉頰染上一層紅色。

「其實呢，這是妳剛剛烤的餅乾。」

「……啊？」

我故作輕鬆地告訴她真相。

反正我從頭到尾都沒說這是自己烤的，所以不算說謊。

由比濱愣住了。她的嘴巴張得老大，眼睛也縮成一個點。

「咦？什麼？」

她來回看著我和雪之下，眼睛眨個不停，似乎還不瞭解到底發生什麼事。

「比企谷同學，我不懂你在做什麼，這場鬧劇有什麼意義嗎？」

雪之下不悅地看著我問道。

「有句話是這麼說的：『只要有愛，Love is OK！』」（註20）

我豎起大拇指，露出燦爛的笑容。

「落伍。」

由比濱小聲吐槽。沒辦法，那是我小學時播放的節目。雪之下似乎聽不懂，一臉疑惑地歪著頭。

「妳們的標準太高。」

註20　出自日本料理節目「愛のエプロン」，台譯「辣妹圍裙」。

我的嘴角藏不住笑意。這種優越感是怎麼回事？只有自己知道答案的感覺真美妙，我的話匣子好像因此打開了。

「呵呵……障礙賽跑的重點不在於跨越柵欄，而是用最短的時間抵達終點。而且，也沒有一定要跨過柵欄的規定，想把——」

「夠了，我懂你的意思。」

想把柵欄推開、踹飛，或是從下方鑽過去都無所謂——我想說的話還沒說完，便被雪之下打斷。

「我們搞錯了方法和目的，對吧？」

……總覺得不太暢快，不過我的意思正如同雪之下所言，所以只能無奈地點頭，並繼續補充：

「這是妳親手做出來的餅乾，若不強調『手工』這點就沒有意義。對方即使收到媲美餅乾店的成品，也不會特別開心，還不如味道差一點的好。」

聽我說完後，雪之下似乎不太認同。

「難吃一點的比較好？」

「沒錯。如果告訴對方雖然烤得不好吃，但自己已經很努力，對方會誤以為『她為了我費盡苦心啊』……真悲慘。」

「沒那麼單純吧……」

由比濱不太相信地看著我，那眼神彷彿在說：「你這處男在說什麼？」

呼，沒辦法，我只好說個有說服力的故事。

「……這是我朋友的朋友的故事。當時那傢伙剛升上國中二年級。新學期一開始，都會在班會時間選班級幹部，但大家都是中二生，當然沒有任何男同學想當班長，最後只得用抽籤決定。由於那傢伙天生是個倒楣鬼，所以自然成為班長。當上班長後，他要接替老師主持班會，並選出一個女班長。這對害羞怕生的青澀少年來說，是個沉重的負擔。」

「這幾個形容詞的意思都一樣，還有開場白太長了。」

「安靜聽啦。那時，有個女孩子自願當班長，她長得很可愛。很幸運的，男女班長就此產生。那個女孩有點害羞地說：『接下來一年請多指教囉。』之後，那個女孩不時會跟男孩說話，讓男孩開始覺得：『咦？難道她喜歡我嗎？這樣說來，我當上班長後，她馬上站出來當班長，又常常和我說話。她一定是喜歡我！』男孩沒過多久就確定這個結論，時間大約是一個禮拜。」

「太快了吧！」

原本不斷點頭的由比濱驚呼。

「笨蛋，愛跟年齡和時間是沒有關係的。後來，某天放學後，老師要班長幫忙收講義，他下定決心要在那時向女孩告白。

『那、那個，妳有喜歡的人嗎？』

『什麼～～沒有啊～～～』

『妳那樣回答就代表有嘛！是誰？』

『……你覺得是誰？』

『我哪知道，提示、提示一下！』

『要怎麼給提示？』

『啊，告訴我羅馬拼音的第一個字。不管是姓氏還是名字的都可以，拜託！』

『嗯～～應該可以。』

『真的嗎？太好了！那是什麼？』

『……H。』

『咦……該不會是……我？』

『啊？什麼？怎麼可能？有夠噁心的，少說這種話行不行？』

『啊，哈哈，說、說的也是，我開玩笑的啦。』

『不，這玩笑很爛……事情做完了，我要走囉。』

『喔，好……』

之後剩下我一個人留在教室，看著夕陽流淚。更慘的是，隔天到學校後，那件事已經在班上傳開。」

「原來是自閉男的故事……」

由比濱略感抱歉地別開眼神。

「喂，妳傻了嗎？我哪有說這是我的故事？只是敘述上有點誤會。」

雪之下毫不理會我的辯解，厭煩地嘆道：

「光是『朋友的朋友的故事』這點就穿幫了吧？你又沒有朋友。」

「妳、妳說什麼！」

「那些創傷都無關緊要，你到底想說什麼？」

誰說無關緊要啊？我就是因為那件事，因此更被女生討厭；男同學也成天捉弄我，幫我取了個「自戀谷」的綽號。算了，反正這都不重要。

我整理好心情，繼續說下去。

「我的意思是，男生實在是單純得令人遺憾。光是有人向他搭話便能會錯意，收到手工餅乾也高興得不得了。所以說……」

我稍作停頓，看向由比濱。

「用一點也不特別、吃起來一粒一粒的、老實說並不怎麼好吃的餅乾就夠了。」

「吵死啦～～～～！」

由比濱氣得滿臉通紅，抓起手邊的塑膠袋和餐巾紙扔過來。這個人還拿不會痛的東西丟我，真是溫柔。咦？她該不會是暗戀我吧？喔，這當然是玩笑話，我怎麼會重蹈覆轍？

「氣死人了！你這個自閉男！我要走了！」

由比濱狠狠瞪著我，抓起書包站起身，甩過頭往門口邁步，肩膀還氣得微微顫抖。

糟糕，我好像說得太過分，要是班上又傳出關於我的壞話，那可不妙。因此，我急忙安撫由比濱。

「那個……只要表現出妳有在努力的樣子，男生就會動搖的。」

由比濱在門口轉身，但因為背光的關係，我看不清她的表情。

「……自閉男也會動搖嗎？」

「咦？喔～～我超容易動搖的，光是受到溫柔對待就會愛上對方。還有，別叫我自閉男。」

「哼！」

我稍微應付一下，由比濱也隨便應一聲，再次別過頭。她要打開門離開時，雪之下對她的背影問道：

「由比濱同學，這項委託要怎麼辦？」

「不用了！下次我會用自己的方法嘗試。雪之下同學，謝謝妳。」

由比濱轉過頭，臉上帶著笑容。

「明天見囉，拜拜。」

這次她揮一揮手，真的離開教室，身上還穿著圍裙。

「……這樣真的好嗎？」

雪之下盯著門口，低聲問道。

「我認為只要能提升自己，應該不斷挑戰極限。就結果而言，那樣對由比濱同學也有幫助。」

「嗯，妳說的很對。努力是不會背叛自己的，但有可能背叛夢想。」

「哪裡不同嗎？」

雪之下看向我問道。微風輕撫她的臉頰，兩側的頭髮隨之飄逸。

「努力不見得就能實現夢想，實現不了的情況還比較多。但如果曾努力過，便會覺得比較安慰。」

「那只不過是自我滿足罷了。」

「但不算是背叛自己啊。」

「好天真的想法……真不舒服。」

「這個社會對我太嚴苛了，其中包含妳在內。所以，我至少要對自己好一點，大家也應該對自己好一點。如果每個人都墮落，那就沒人算是墮落。」

「我第一次見到你這種負面思考的理想派……要是你的想法流行起來，地球肯定會滅亡。」

雪之下滿臉寫著無奈，但我還滿喜歡這個想法。總有一天，我要建立一個尼特（註21）有、尼特治、尼特享的尼特國家，名為「尼特利亞」……不過，大概三天就會滅亡。

註21　尼特族（NEET），意指不升學、不就業、不進修或參加就業輔導，終日無所事事的年輕族群。

×　×　×

我總算瞭解侍奉社都在做些什麼。

簡單說來，這裡會接受學生諮商，幫助他們解決問題。不過這個社團似乎未對外公開，因為我之前不曾聽說過。不不不，不是因為我對學校不熟才不知道喔。從由比濱也沒有正確理解這個社團的用意看來，來這裡諮詢的人似乎都是透過某種管道知悉，這個管道就是平塚老師。

老師三不五時會把有問題或煩惱的學生帶來這裡。

說得明白一點，這裡是隔離病房。

我待在這間療養室中，一如往常地看著書。

所謂的諮商，就是揭開自己柔弱的一面。這對多愁善感的高中生來說，要對同校學生做出這種事，難度實在很高。由比濱也是經由平塚老師介紹，才會造訪侍奉社，否則根本不會有人來這裡。

今天一樣沒有客人上門，生意相當清淡。

我和雪之下都耐得住沉默，所以兩人專心讀書時，室內變得十分安靜。

因此，「叩叩叩」的敲門聲顯得特別響亮。

「嗨囉～～」

由比濱結衣用奇怪的方式打招呼，同時把門拉開。我們聽了都不知該說什麼。

我從她短裙下的美腿移開視線，挪向胸口敞開的襯衫。她依然是老樣子，看來是個十足的蕩婦。

雪之下見到她便長嘆一聲。

「……有事嗎？」

「咦？怎麼？你們好像不歡迎我，難道雪之下同學……討厭我嗎？」

由比濱聽到雪之下的低喃，肩膀震動一下。雪之下則擺出陷入思考的樣子，用平常的口吻說：

「我不是討厭妳……只是覺得有點困擾。」

「女生說這種話，不就等於討厭嗎？」

由比濱慌了起來，看來她很不希望被人討厭。這傢伙看來是個蕩婦，反應卻是徹頭徹尾的普通女孩。

「所以，請問妳有什麼事？」

「不是啦，妳也知道我最近愛上做料理吧？」

「……怎麼可能知道？我是第一次聽說這件事。」

「這算是上次的謝禮。我自己做了餅乾，帶來想請大家吃看看。」

雪之下的臉倏地失去血色。說到由比濱的料理，最先想到的便是那黑如鐵塊的餅乾。我一回想起來，喉嚨和內心馬上開始乾涸。

「不用，我現在沒什麼胃口，妳的好意我心領了。」

我想雪之下是在聽到「餅乾」這個詞的瞬間失去食慾。沒有明白講出這一點，算是她的溫柔。

然而，由比濱毫不在意雪之下的拒絕，逕自哼著曲子從書包裡拿出一個玻璃紙包。雖然包裝得十分可愛，但餅乾仍是烤得一片焦黑。

「哎呀～～做料理好有趣喔！下次來試試看做便當吧。啊，到時候小雪乃我們就一起吃午餐！」

「不，我比較喜歡一個人用餐……還有，『小雪乃』聽起來很詭異，不要那樣叫我。」

「真的假的？那樣不會寂寞嗎？小雪乃，妳都在哪裡吃飯？」

「在社辦……等一下，我說的話妳有聽進去嗎？」

「還有，反正我放學後也很閒，就來幫忙社團活動吧。哎呀～～該怎麼說呢？這也算是謝禮，所以你們不用在意。」

「……妳有在聽我說話嗎？」

由比濱的攻勢排山倒海而來，明顯讓雪之下不知所措。她不斷對我使眼色，大概是要我想想辦法。

可是，我幹嘛要幫她？

雪之下老是對我惡言相向，飲料的錢也還沒付……再說，由比濱是她的朋友。

說實話，正因為雪之下認真幫忙由比濱解決煩惱，由比濱才會向她道謝。那麼，她就有權利也有義務收下謝禮。從中作梗的話，反而是我不對。

我闔上文庫本，靜靜站起身，用快要聽不見的聲音說聲「辛苦啦」，準備離開社辦。

「啊，自閉男。」

我回過頭，看到一個黑色物體飛到眼前，因此反射性地抓住它。

「那算是我的謝禮，因為你也有幫忙。」

這是愛心形狀的黑色不明物體，感覺充滿殺氣。雖然不太吉利，但既然是人家的謝禮，我只好心懷感謝地收下。

還有，別叫我自閉男。

平塚　靜
shizuka hiratsuka

生日
保密。
（不准問女生這種問題。）

專長
格鬥技。

興趣
開車兜風、騎車兜風、
閱讀（漫畫跟禾林愛情小說）。

假日活動
喝到天亮、睡到中午、
醒了再喝、然後睡覺。

比企谷八幡
hachiman hikigaya

生日
8月8日
（因為生日在暑假，
從來沒有朋友幫忙慶生，
不過倒是曾被詛咒。）

專長
猜謎、腦筋急轉彎之類
能一個人做的事，
還有自言自語。

興趣
閱讀。

假日活動
慵懶地讀書、
慵懶地看電視、睡懶覺。

My youth romantic comedy is wrong as I expected.
「由比濱同學，妳有在聽我說話嗎？」
「………………這個蕩婦。」

畢業發展調查表

武高級中學　2年F班

名

由比濱　結衣

男・㊛

座號　３３

請寫下你的信念。

和大家和睦相處。

你在畢業紀念冊寫下什麼夢想？

我寫「友誼長存」！

為了將來，你現在做了哪些努力？

坦率說出自己的意見！

師長建議：

妳的信念和「勇者鬥惡龍」的「作戰」選項一樣籠統呢。
我個人認為妳比較適合「勇往直前」的風格。還有，關於妳
的夢想，的確會有女生那樣寫。
附帶一提，老師畢業之後，再也沒有和寫下那種夢想的女生
見過面。總之，請妳好好加油。

4 儘管如此，班上感情依舊融洽

隨著下課鐘聲宣告第四節課結束，整間教室的氣氛立刻變得輕鬆。有些人朝福利社直奔而去，有些人搬動桌椅準備吃便當，也有些人前往其他教室。

今天的午休時間，二年F班也和往常一樣熱鬧。

然而，像今天這種下雨天，我就沒地方好去。平時我有自己專屬的用餐地點，但我可不想要淋雨吃飯。

無可奈何之下，我只好獨自在教室啃便利商店賣的麵包。

下雨天的午休時間，我大多是看小說或漫畫打發時間，偏偏昨天看到一半的書放在社辦沒帶走，早知道就趁十分鐘的下課時間去拿回來。

但這些都是馬後炮，用英文來說是「horse behind cannon」……不，這樣會變成「炮後馬」吧？

能夠自己搞笑完再吐槽自己，我就是閒到這種地步。

我一直覺得，當一個人獨處久了，就會出現自我完結的徵兆。

我會開始在家自言自語，甚至一個人引吭高歌，結果常常發生「MOTTO！MOT……歡迎回來」這類唱到一半妹妹剛好回家的窘境。

當然，我不會在教室裡唱歌，所以相對的，我會想很多事情。

換言之，孤獨的人其實非常擅於思考。誠如「人是一根有思想的蘆葦」（註22）所言，我們無時無刻不在思考，而孤獨者不需要跟人分享思考內容，所以能想得更深入，因此，我們這群孤獨的人擁有不同於凡人的思維，不時會出現超乎常人的想法。

要用對話這種有所限制的手段傳達龐大的資訊，是非常困難的事。好比用電腦上傳或寄送大容量的檔案時，也得耗費很多時間。所以孤獨的人大多不擅長對話，只是如此而已。

我不認為這是什麼壞事，就像電腦不只是用來寄信，還可以用來上網跟修圖之類的。也就是說，不要用單一價值觀衡量一個人。

雖然前面以電腦比喻，但不表示我對電腦很瞭解。真正對這方面有所瞭解的，是聚集在教室前面的那群人。

我說的是拿著PSP連線狩獵的那群人，記得好像是叫「小田」還是「田原」吧？

「哇，你拿大鎚喔！」

註22 十七世紀思想家帕斯卡爾之名言。

「一把銃槍殺爽爽！」

他們好像玩得很愉快。

那款遊戲我也有玩，老實說我想加入他們。

漫畫、動畫、電玩曾是孤獨者的天下，最近卻變成一種社交工具。想要跟他們那些人交流，就得具備一定的溝通能力。

悲哀的是，憑我這種半吊子的相貌，就算加入，也會在背地裡被說是「趕流行」、「假宅男」，這到底是要我怎麼辦？

國中時，我曾看到一群人在討論動畫而想加入他們，結果那群人馬上陷入沉默，讓我相當難過……從那之後，我就放棄加入他們的圈子。

我從小就不是那種會說「我也要玩」的小孩，所以更難和人打成一片。班上要踢足壘球時，有條規則是由兩個男的中心人物猜拳，贏的人可以先選隊友。對喔，那時我每次都是最後才被選中。對一個年僅十歲，興奮地期待「什麼時候才會選到我呢」的男孩來說，那實在太可憐，我現在一想起來便想掉眼淚。

因為如此，就算我原本對運動還算拿手，也漸漸變得不擅長。雖然我喜歡棒球，但沒有人能一起玩，所以幼小的我只能對牆壁丟球、練習一下守備，甚至還假想出隱形的跑者和防守陣形打單人棒球。

另一方面，這個班上也有溝通手腕靈活的人，例如教室後方那一群人。他們是足球社和籃球社的男生各兩名，以及三個女生。那裡散發出華麗的氛圍，讓人一眼便明白他們是班上的上流階級。附帶一提，由比濱也屬於那個團體。

其中有兩個人的光芒特別耀眼。

——葉山隼人。

他是那個團體的中心人物，身為足球社王牌兼下任社長候選人。看著那傢伙看太久實在不舒服。

反正是個帥氣型男就對啦，真是欺人太甚！

「哎呦～今天不行啦，我要去社團。」

「少去一天不會怎麼樣吧？今天31冰淇淋買兩球特價喔！我想吃巧克力跟可可口味的。」

「兩種都是巧克力啊（笑）。」

「咦～～差很多好不好？而且我都快餓扁了。」

葉山的好友——三浦優美子高聲抗議。

她留著一頭金色長捲髮，上半身制服沒穿好，肩膀露在外頭，讓人想問她「難道妳是花魁嗎」，而且裙子也短到失去穿在身上的意義。

三浦的外型漂亮、五官端正，但豔麗的裝扮加上沒大腦的言行舉止，導致我對她沒什麼好感。正確說來，應該是我很怕她，不知道她會對我說出什麼話。

但對葉山來說，三浦似乎不可怕。根據我的觀察，他應該認為三浦是很聊得來的對象。所以說我搞不懂上流階級的男生在想什麼，那女的怎麼看都是因為對方是葉山才聊得起勁，若換成是我，大概只會被她用鼻子冷哼一聲打發掉。

無所謂，反正我跟她沒有任何交集，不需要講什麼話。

葉山和三浦依舊聊得起勁。

「抱歉，我今天不能去。」

葉山重新說出結論，三浦顯得很失望。

接著，葉山綻放燦爛無比的笑容大聲宣告：

「我們今年要認真朝國立邁進。」

啥？國立？這傢伙是說「國立體育場」，不是搭中央線可以到達的東京都國立市嗎？

「噗……」

我差點笑出來。

葉山竟然擺出一副說出什麼帥氣台詞的樣子。不行，我絕對、絕對饒不了他。

「還有啊，優美子，妳吃太多的話會後悔喔。」

「人家吃再多也不會胖。啊～～人家今天要吃冰淇淋啦！對吧，結衣？」

「嗯～～沒錯沒錯。優美子的身材很好呢！不過，我今天有事……」

「就是說嘛，今天一定要大吃一頓。」

三浦說完，其他人跟著笑出聲，聽起來像是綜藝節目的罐頭笑聲。那種聲音非常響亮，我彷彿還看得到字幕。

我不是刻意要聽，而是他們聊得很大聲，想不聽到都難。應該說教室前面的御宅族和後面的現實充都很大聲，我穩坐在教室中央，四周明明空無一人卻吵得要命，如同坐在颱風眼。

身為中心人物的葉山露出人見人愛的笑容說道：

「別吃太多弄壞肚子啦。」

「不是說過了～～我吃再多都不怕，也不會發胖。對吧，結衣？」

「嗯～～優美子的身材真的超好，腿又很美。不過我今天……」

「咦～～是嗎？那個叫雪之下的好像更正點耶？」

「啊，的確。小雪乃有夠正——」

「…………」

「……啊！不是啦，我覺得優美子比她更華麗！」

由比濱見三浦突然不說話、眉毛微微抖動，趕緊如此補充。該怎麼說呢？這模樣簡直像是女王和侍女。可惜侍女的讚美不足以挽回女王的心情，只見三浦不高興地瞇起眼睛。

「也好。如果妳們能等我到社團活動結束，我就跟妳們去。」

葉山也察覺到現場氣氛不對，故意以輕鬆的口吻如此提議。女王這才恢復心情，高興地回答：「ＯＫ，到時候要傳簡訊給我喔！」縮在一旁的由比濱也放下心。

喂喂喂，妳那樣太辛苦了吧？那是封建社會嗎？如果當現實充得那麼在意別人的臉色，我寧可孤獨一輩子。

這時由比濱抬起頭，和我四目相交。她看了看我，然後下定決心似地深吸一口氣說：

「那個……我中午要去一個地方……」

「喔，這樣啊，那妳回來時順便幫我買一瓶檸檬茶。今天忘記帶飲料，中午又是吃麵包，沒配茶根本吃不下。」

「咦？可、可是，我回來時可能已經開始上第五節課……應該說我整個中午都會不在，所以可能有點……」

由比濱說到這裡，三浦的表情瞬間僵住，宛如被自己養的狗咬到手一般。過去不曾忤逆自己的由比濱，今天竟然會說「不」。

「啊？等等，妳是怎麼一回事？結衣，上次妳是不是也說了類似的話，然後一放學就離開？妳最近很忙呢！」

「呃……該怎麼說……我有些私事，實在不得已，真的很不好意思……」

由比濱說得語無倫次。妳是上班族在道歉嗎？

可是，她那些話反而造成反效果。三浦失去耐性，動手往桌子用力一敲。

女王突如其來的爆發讓教室安靜下來，前面的小田還是田原也迅速降低遊戲音量，葉山和其他幾個人都尷尬地將視線投向地面。

教室內只剩下三浦修長的手指敲打桌面的聲音。

「妳那樣講我哪聽得懂？想說什麼就說清楚啊！我們不是朋友嗎？妳是不是在隱瞞什麼？那樣不好吧？」

由比濱難過地低下頭。

三浦表面上說得好聽，實則不過是強加同伴意識到別人身上。她的意思是：「我們是朋友、是同伴，所以什麼事都能做、什麼話都能說。」背後的含意則是：「如果妳辦不到，就不是我的夥伴，而是敵人。」那根本是排除異己的異端審判。

「對不起……」

由比濱怯生生地低頭道歉。

「所．以．說！我不要聽道歉，妳應該有別的話想說吧？」

被她這樣一講，還有誰敢說啊？這已經不是對話或詢問，而是單方面逼對方道歉、攻擊對方罷了。

真是愚蠢，妳們最好早點鬧翻。

我轉回正面，一邊把玩手機一邊將麵包送入口中，咀嚼幾口後吞嚥下去。不過，除了麵包以外，感覺還有某種東西卡在喉嚨。

……該怎麼說呢？

照《孤獨的美食家》（註23）的邏輯看來，吃東西時應該要表現得更快樂、更幸福才對。雖然我一點也不想上前幫忙，但看著認識的女生在自己面前泫然欲泣，胃就

註23 日本漫畫，亦曾改編成電視劇。

會不由自主地糾結起來，讓食物都變得不好吃。

人總會希望東西吃起來美味嘛！再說，像那樣受到攻擊的人應該是我才對，豈能隨隨便便讓給別人？

啊，對啦，還有……她讓我覺得很不爽。

於是，我從座位上猛然起身。

「喂，差不多——」

「囉唆！」

該住手了吧——當我要這麼說的瞬間，三浦用毒蛇般的眼神瞪過來。

「……差、差不多該去買個飲料吧，不、不過我看還是算了〜」

嚇死人！她是哪來的大蟒蛇啊……害我差點要說出：「對對對對不起！」

我默默坐回椅子上。三浦完全無視我的存在，不屑地看著畏畏縮縮的由比濱。

「這可是為了妳好。妳那種曖昧不清的態度，讓人看了就討厭。」

三浦嘴上說是為了由比濱好，但還不是為了自己的感情和利害關係，那句話根本自相矛盾。但這對三浦來說並非矛盾，因為她是那群人當中的女王。在封建社會裡，統治者本身就是絕對的規則。

「……抱歉。」

「又是道歉？」

三浦又氣憤又無奈，「哈」地大聲嘲笑，這讓由比濱更加畏縮。

夠了沒啊？真煩人！連旁觀者的情緒都會受到影響。我受不了這種討厭的場面，別把觀眾也扯進妳們的青春劇場中好不好？

於是，我再次鼓起僅存的勇氣。反正我已經被討厭到無以復加的地步，來一場零風險的對決，感覺也不錯。

我站起身要走向她們兩人，同一時間，由比濱也淚眼汪汪地看向我。三浦抓準這個機會，以冰冷的聲音質問：

「喂，結衣，妳在看哪裡？妳從剛剛就一直在道歉──」

「妳弄錯要道歉的對象了，由比濱同學。」

這聲音搞不好比三浦的前一句話還要冰冷，宛如北極的狂風，令聽者縮起身子，卻又宛如極光一般美麗。

她只是出現在教室門口，卻彷彿站在世界中心一般吸引眾人的視線。

在這個世界上，除了雪之下雪乃之外，沒有其他人能發出這種聲音。

我站起一半的身體就這麼定住，像是在蹲馬步。相較之下，剛才三浦的威嚇簡直是騙小孩用的。如果換成雪之下，恐怕連害怕的閒功夫都沒有。那種感覺已經超越恐怖，到達一種美的境界。

在場每一個人都為之出神，不知何時，三浦敲打桌子的聲音不再，教室陷入一片寂靜。這時，雪之下首先開口。

「由比濱同學，妳主動提出邀請卻又放我鴿子，不覺得這樣不對嗎？會遲到的話，應該要主動告知對方才對。」

由比濱聽到這句話，安心似地露出微笑看向雪之下。

「抱、抱歉。可是，我不知道小雪乃的手機號碼……」

「……是嗎？那也不能全怪妳，這次的事就算了。」

雪之下完全不管現場狀況如何，逕自說起話。我行我素的模樣，真想讓人為她拍手叫好。

「等、等一下！我們還沒說完耶！」

三浦好不容易回過神，對雪之下和由比濱發出抗議。

火之女王更生氣了。她的火勢更加猛烈，發出轟轟聲響。

「有事嗎？我沒空跟妳說話，都還沒吃午飯呢。」

「什、什麼？妳突然跑來攪局，還胡說八道些什麼？我正在跟結衣說話！」

「說話？那是在鬼叫吧？妳覺得那是在說話嗎？我看只是歇斯底里發作，單方面強迫對方接受自己的意見而已。」

「啊？」

「抱歉，是我不察。因為不瞭解妳們的習性，很自然地認定是類人猿在威嚇。」

憤怒的火之女王碰上冰之女王，仍難逃冰凍的下場。

「唔～～～」

三浦火冒三丈，狠狠瞪著雪之下，但雪之下只是漠然以對。

「妳想當山大王虛張聲勢是無所謂，但請不要超出自己的山頭。否則會像妳現在的妝容一樣，馬上露餡。」

「……哼，妳在說什麼，誰聽得懂啊？」

敗陣的三浦仍然嘴硬，然後一屁股坐回椅子上。她晃著那頭長捲髮，氣呼呼地玩起手機。

沒有任何人跟她交談，連很會察言觀色的葉山也用呵欠矇混過去。

由比濱站在一旁緊緊抓住裙角，一副有話想說的樣子。雪之下看出這一點，刻意先離開教室。

「我先過去了。」

「我、我也去……」

「……隨妳高興。」

「嗯。」

這時由比濱笑了，但在場只有她一個人笑出來。

喂喂喂，這氣氛是怎麼回事？整間教室的尷尬度異於尋常，幾乎快讓人待不下去。大部分的人不是假裝口渴，就是要上廁所而離開教室，最後只剩下葉山、三浦那群人和愛看熱鬧的無聊人士。

這麼一來，我只能跟隨潮流。應該說，要是場面變得更嚴重，我可會窒息而死。

我盡可能躡手躡腳地經過由比濱身旁。這時，她悄悄對我說：

「謝謝你幫我說話。」

× × ×

走出教室，便看到雪之下靠在門口。她雙手盤在胸前，閉目細聽。可能是她給人的感覺太冷淡，所以身邊一個人也沒有，非常安靜。

因此，我們能從這裡聽見教室內的說話聲。

『……那個，對不起。我如果不配合別人，就會覺得不安……結果變得老是在看人臉色……可能是這樣，才惹妳生氣。』

『…………』

『啊～該怎麼說呢？我從以前就是這樣。玩小魔女 DoReMi 遊戲時，明明想當 Doremi 或音符，可是因為其他同學想當，我便選擇羽月……可能是因為我在大型住宅區長大吧，每天和人相處，就覺得那樣做是理所當然的事……』

『我聽不懂妳想說什麼。』

『我、我想也是，其實我自己也不太懂……可是，我看到自閉男和小雪乃後，發現他們雖然沒有朋友，卻好像很快樂。他們鬥嘴時都毫不保留，但很合得來……』

接著傳來斷斷續續的啜泣聲，雪之下的肩膀隨之抖動，微微睜開眼睛想偷看教室內的狀況。傻瓜，這裡看不到啦，那麼擔心就進去裡面啊！這傢伙真不坦率。

『看到他們那個樣子，讓我覺得自己拚命迎合別人的方式錯了……妳看，自閉男那麼自閉，每次休息時間都一個人看書傻笑……雖然滿噁心的，但是他好像很快樂的樣子。』

竟然說我噁心……不過，雪之下聽到那句話也笑了。

「我還以為你那種怪癖只會表現在社辦，原來在教室也一樣。那樣子真的很噁心，勸你還是改掉。」

「既然妳發覺了，當時就該跟我說啊……」

「才不要。已經夠噁心了，我可不想再跟你說話。」

下次真的得注意才行，我再也不要在學校看有邪神出現的輕小說。

『所以，我也想隨興地生活看看，不要再勉強自己……不過，我並不是討厭優美子，所以，以後也可以和我……當好朋友嗎？』

「……嗯～～這樣啊，好啊。」

三浦啪地闔上手機。

『……謝謝，不好意思。』

就這樣，教室裡的對話結束，接著傳來由比濱啪噠啪噠的腳步聲。雪之下一聽到這聲音，身體立刻離開牆邊。

「……真是的，其實她說得出口嘛。」

這一瞬間，她臉上露出一絲笑容，讓我不禁看呆了。

那並非自嘲或責備，也不是出於悲哀，而是極為單純的笑容。

不過那笑容一下子便消失，再度變回平常冷漠如冰的面孔。我正看得入神，她則滿不在乎地快步踏上走廊，想必是要去跟由比濱約好的地點。

正當我心想著接下來要做什麼，跨出腳步的同時——教室的門倏地打開。

「咦？自閉男，你怎麼在這裡？」

「嗨。」

我生硬地舉起右手假裝要打招呼，由比濱已是羞紅臉龐。

「你都聽到了嗎？」

「聽、聽到什麼……」

「你果然在偷聽！噁心！跟蹤狂！變態！你這個、你這個……噁心鬼！真不敢相信！好噁心，噁心到極點！」

「夠了吧！」

就算是我，當面被罵到這種程度，也是會難過的。還有最後不要罵得一臉正經，我真的會很受傷。

「哈！當然不夠！也不想想是誰害的，笨蛋！」

由比濱吐出粉紅色小舌頭，對我可愛地挑釁一下後跑走。妳是小學生嗎？還有別在走廊奔跑！

「誰害的……當然是雪之下啊。」

我如此自言自語。因為只有我一個人，這是理所當然的。

我看看時鐘，休息時間已所剩不多，讓人口乾舌燥的午休時光即將結束，去買罐SPORTOP滋潤乾渴的喉嚨與心靈吧。

前往福利社的途中，我突然想到一件事。

御宅族們有御宅族的社群，他們並不孤獨。

想當現實充非常辛苦，得注意彼此間的階級和勢力平衡。

結果，只有我孤獨一人。

其實根本不需要平塚老師特別隔離，反正我已經被班上排擠。因此，就算送我去侍奉社也沒有任何意義。

……這是哪門子的悲哀結論？現實未免太嚴苛。

帶給我甘甜的，唯有SPORTOP。

由比濱結衣
yui yuigahama

生日
6月18日

專長
打簡訊、唱卡拉OK、
看別人臉色。

興趣
卡拉OK、
烹飪（正在努力中）。

假日活動
和朋友逛街、
和朋友唱卡拉OK、
和朋友拍大頭貼、
和朋友摸魚。

雪之下雪乃
yukino yukinoshita

生日
1月3日
（因為生日在寒假，
從來沒有同學幫忙慶生。）

專長
煮飯洗衣打掃等
各種家事、合氣道。

興趣
閱讀
（一般文學、英美文學、
古典文學作品）、
騎馬。

假日活動
閱讀、看電影。

5 換句話說，材木座義輝異於常人

或許拖到現在才說已經太慢，總之，「侍奉社」的主要活動是接受學生的請求並幫助他們。

如果不先說清楚，大家真的會搞不懂這個社團在幹嘛。畢竟我跟雪之下通常都只是在讀書，由比濱從剛剛開始則一直在玩手機。

「嗯……我說啊，為什麼妳會在這裡？」

由比濱在這裡顯得太過自然，我也就用自然的態度對待她。但事實上，她並非侍奉社的社員。真要說的話，我也不清楚自己算不算是社員。等等，我真的是社員喔？可是我已經想退社耶。

「咦？嗯～～人家今天很閒哪。」

「『哪』？那樣誰聽得懂？是廣島腔嗎？」

「啥？廣島？我是千葉人耶。」

實際上，廣島方言真的會在語尾加上「哪」。大部分的人聽了都會反應說：「是喔？我第一次聽說。」男生用廣島腔講話會感覺很可怕，但女性講起廣島腔卻非常可愛，足以排進我精挑細選的十大可愛方言之中。

「哼，妳以為在千葉出生就稱得上是千葉人嗎？」

「不好意思，比企谷同學，我完全不懂你在說什麼……」

雪之下用打從心底輕視的眼神看過來，但我不以為意。

「接招！第一題，跌打損傷造成的內出血叫什麼？」

「青痣！」

「嘖，答對了，想不到妳懂千葉方言……那麼第二題，便當中最主要的配菜是什麼？」

「味噌炒花生！」

「喔，看來妳真的是土生土長的千葉人……」

「我不是說了哪。」

由比濱雙手扠腰、微微歪著頭，好像在說「你到底在說什麼」。坐在她旁邊的雪之下手肘撐在桌上，扶著額頭嘆氣。

「……你們在幹嘛？這些問題有任何意義嗎？」

當然沒有意義。

「只是一場千葉通機智問答。具體來說，出題範圍橫跨松戶到銚子。」

「太短啦！」

「不好嗎？不然佐原到館山怎麼樣？」

「那是縱跨吧……」

……妳們聽地名就知道具體位置，到底是有多喜歡千葉？

「那麼第三題，搭乘外房線往土氣方向時，偶爾會出現的稀有動物是什麼？」

「啊，說到松戶～～小雪乃，聽說那一帶有很多拉麵店，下次我們一起去吃吧！」

「拉麵……我很少吃拉麵，所以沒什麼概念。」

「放心！因為我也不常吃！」

「咦？那樣怎麼能放心？妳可以解釋一下嗎？」

「嗯。然後啊，我記得松戶某個地方有間叫什麼來著的店，聽說很好吃。」

「妳有在聽我說話嗎？」

「嗯？我有在聽啊。對了，這一帶也有好吃的店喔。我家在這附近，走路只要五分鐘，所以超清楚的。我出去溜狗時常常經過一家店——」

……正確答案是鴕鳥。搭電車時突然看到鴕鳥出現在窗外，那種感覺已不只是驚訝，而是到達感動的程度。

呼……我不理會這兩個女生的雞同鴨講，繼續看自己的書。

現場明明有三個人，卻只有我覺得很孤獨，這是怎麼回事？

不過，這樣打發時間頗有高中生的感覺。

和國中生相比，高中生的活動範圍寬廣許多，對打扮和美食也比較有興趣。聊些拉麵店之類的話題，確實滿適合高中生。

……但他們沒事不會玩千葉通機智問答就是了。

× × ×

隔天我到社辦時，難得見到雪之下和由比濱站在門前。我打量著她們，納悶是在搞什麼鬼，結果見到那兩人稍微把門拉開，似乎在窺探教室內的情況。

「妳們在做什麼？」

「呀啊！」

兩人嚇到的聲音真可愛，她們連身體都跳起來。

「比企谷同學……你、你嚇到我……」

「被嚇到的人是我吧……」

那是什麼反應？和我家的貓半夜在客廳碰到人的反應一樣。

「可以請你不要突然發出聲音嗎？」

雪之下一臉不悅地瞪著我，連這點都和那隻貓如出一轍。這樣說來，牠在我們一家人中，唯獨不肯親近我。包含這點在內，雪之下和我家的貓真是相像。

「抱歉啦，妳們在幹嘛？」

我又問一次。由比濱仍然從稍微打開的門縫窺探內部，同時回答我：

「社辦裡有可疑分子。」

「妳們才是可疑分子。」

「夠了，別再說這些。你能進去幫我們看看情況嗎？」

雪之下不太高興地對我下達命令。

我聽從指示，站到兩人前方，小心翼翼地開門入內。

等待我們的是一陣風。

那一瞬間，海風迎面吹來。由於學校地處海邊，風向非常特別，教室內的紙張因此被吹得漫天飛舞。

眼前景象彷彿是魔術師從魔術帽裡變出一群白鴿。在一片白色的世界中，站著一名男子。

「呵、呵、呵，會在這個地方見到你，真教人驚訝——我等你很久了，比企谷八幡！」

「你、你說什麼？」

又說驚訝又等我很久是怎樣？我才驚訝咧！

我揮開飄落的白色紙張，想看清楚對方的面貌。

結果出現的是……不，我不認識我不認識！我根本不認識叫做材木座義輝的人！

這間學校的學生我幾乎都不認識，至於認識的人當中，就屬材木座是我最不想拉近距離的同學。

季節都快進入初夏，他卻披著一件大衣不停揮汗，還戴著半指手套。即使我認識這傢伙，也要說不認識。

「比企谷同學，他好像認識你……」

雪之下躲在我背後，詫異地打量我和材木座。材木座因為她無禮的視線瑟縮一下，但又立刻看向我，盤起雙手發出「呵、呵、呵」的低沉笑聲。

他似乎發現什麼，誇張地聳起肩，然後神情沉重地搖頭。

「你竟然忘記我這個夥伴的面孔……我看錯你了，八幡。」

「他說是你的夥伴……」

由比濱冷冷看著我，眼神好像在說：「一群人渣，去死吧。」

「對了，夥伴。你應該還記得吧？我們曾經一起度過那段地獄般的日子……」

「不過是體育課被湊成一組嘛……」

我忍不住回嘴，對方聞言露出苦澀的表情。

「哼！那種陋習難道不是地獄嗎？自己找喜歡的人一組？呵、呵、呵，吾不知大限何時將至，不可能對任何人產生好感！我不願再受一次彷彿身心被撕裂般的別離之痛。如果那就是愛，我可一點都不要！」

男子眺向窗外遠處，彷彿在虛空中看到深愛的公主其身影。怎麼大家都這麼喜歡《北斗神拳》？

看到這裡，不論多遲鈍的傢伙應該都能察覺到一件事——這男的有問題。

「有何貴幹，材木座？」

「唔，你終於說出烙印在我靈魂上的名字嗎？沒錯，吾乃劍豪將軍・材木座義輝其人也！」

他使力揮起大衣，回頭看向我，略胖的臉上浮現剽悍的神情。他完全沉浸在自己創作的劍豪將軍設定內。

我不由得頭痛。

更正，應該說我的心在痛才對。一旁雪之下和由比濱的視線也變得更銳利。

由比濱不高興——其實是明顯很不爽地瞪著我。為什麼要那樣瞪我？

「喂……他到底是怎樣？」

「他是材木座義輝……每次體育課都跟我一組的傢伙。」

老實說，我們的關係僅止於此，沒有其他任何交集……好吧，要說他是為了讓我安安穩穩度過那段地獄時期的夥伴，那也不算錯。

自己找喜歡的人湊成一組的確是地獄啊！

材木座跟我一樣，都經歷並品嘗過那段痛苦的時光。

第一次上體育課時，我跟材木座都找不到組員，因而湊成一組後，接下來就一直如此。老實說，我很想把這位重度中二病患者交易出去，但實在沒有人肯收留，最後只好放棄。另一方面，我也考慮過動用自由球員制度，可惜我這種等級的選手合約金太高，沒有人負擔得起。咦？不是嗎？當然不是，單純是因為我跟他都沒有朋友罷了。

雪之下一邊聽我解釋，一邊來回比較我和材木座，然後理解似地點頭。

「這叫做物以類聚吧。」

她做出一個差勁透頂的結論。

「笨蛋，別把我和他混為一談，我沒有他那麼痛苦。首先，我和他不是朋友。」

「呵，這我不得不同意。誠然，我沒有朋友……真是孤零零一人，唉。」

材木座傷心地自嘲。喂，你露出本性囉。

「不管怎樣，你的朋友會來這裡，應該是有事情吧？」

聽到雪之下這麼說，我差點流下眼淚。打從國中那次以來，「朋友」這個名詞能讓我如此悲傷還是第一次。

『比企谷同學人很好，我很喜歡，但如果要交往……嗯，我們還是當朋友吧。』

自從被香織拒絕之後……我一點也不需要這種朋友。

「唔哈哈哈！我竟然完全忘了。八幡啊，這裡是侍奉社沒錯吧？」

材木座又開始裝模作樣，對我發出奇怪的笑聲。

那是什麼笑聲？我從來沒聽過。

「對，這裡是侍奉社。」

雪之下替我回答後，材木座迅速看她一眼，再把視線轉回來。你到底為什麼要一直看著我？

「……原、原來如此，如果真如平塚教師的建議，那麼八幡，你有義務實現我的願望吧？想不到幾百年之後，我們仍舊維持主從關係……看來這也是八幡大菩薩的安排啊。」

「侍奉社並不保證能達成你的心願，我們只是幫助你而已。」

「……唔、唔嗯。那麼八幡，助我一臂之力吧。呼呼呼，說起來我們的關係對等。就讓我們像過去那樣，再次掌握天下！」

「你剛剛不是說我們是主從嗎？還有，幹嘛一直看著我？」

「咕嚕咕嚕！我們之間不需要在意那些小事，我特予你這種權力。」

材木座以不可思議的方式咳嗽，大概是想藉此矇混過去，然後又繼續面向我。

「抱歉，看來這個時代比往昔汙穢得多，人心不古啊。真懷念那澄淨的室町時期……八幡，你不這麼認為嗎？」

「我才不那麼想。還有你怎麼不快去死？」

「呵呵呵，死並不可怕，大不了我繼續去地獄爭王位！」

材木座高舉手臂，大衣隨風劈啪作響。

他對「去死」這句話的免疫性真高……

我也一樣，習慣被人惡言相向後，越來越擅長回嘴或打哈哈。

這是什麼悲哀的技能啊，我都想哭了。

「嗚啊……」

由比濱真的嚇得倒退好幾步，臉色看來也變得慘白。

「比企谷同學，借一步說話……」

雪之下拉拉我的衣袖，湊到我耳邊問：

「他說的劍豪將軍是什麼？」

她可愛的臉蛋近在眼前，我還聞得到她身上的香氣。

可惜說出來的話毫無情調。

對於這個問題，一句話便能搞定。

「那是中二病啦，中二病。」

「中二病？」

雪之下不解地看著我。這時，我突然覺得女生念「中」的脣形有夠可愛，真是個大發現。

「那是一種病嗎？」

在一旁聽著的由比濱也加入對話。

「不算真正的疾病，妳可以當它是一句流行語。」

所謂的中二病，是指國二左右的學生經常做出讓大家頭痛不已的言行舉止。

至於材木座的等級，已足以稱為「廚二（註24）」或「邪氣眼（註25）」。

他憧憬動漫畫、電玩、輕小說內出現的特殊能力和不可思議的力量，故意裝作自己也有那樣的能力。為了讓一切合情合理，既然擁有那種能力，就要幫自己加上傳說中的戰士轉世、被神選上之人、機關特務之類的設定，再依照那些設定行動。

為什麼要做這種事？

因為帥啊。

我想每個人在國二左右，應該都做過類似的事，例如說：「COUNT DOWN TV的觀眾朋友大家晚安。這次帶來的新歌呢，是以愛為主題，由我自己作詞……」像這樣在鏡子前面練習之類的，應該有吧？

中二病就是其中的極端例子。

我簡單扼要地解釋中二病後，雪之下似乎明白了。之前我就一直覺得，她的腦筋好到讓人驚嘆的地步，說她可以舉一反十也不為過。即使不把事情解釋得鉅細靡遺，她也能掌握其本質。

「我還是不懂……」

相較於雪之下，由比濱則以嫌惡的語氣低聲抱怨。沒辦法，換成是我，光聽那些說明也一定搞不懂，應該說雪之下那樣便聽得懂才奇怪。

註24　日文發音和「中二」相同。
註25　對超能力、神祕力量有所嚮往，會妄想自己擁有不同凡響的力量。

「嗯～～換句話說，他算是根據自己創作的設定在演戲囉？」

「差不多是那個意思。他的設定基礎，好像是室町幕府的第十三代將軍足利義輝。他們的名字相同，可能因此比較容易構思。」

「為什麼他會把你當成同伴？」

「八成是從我的名字聯想到八幡大菩薩，清和源氏將祂視為武神虔誠祭祀。妳應該知道鶴岡八幡宮吧？」

聽到這裡，雪之下突然沉默不語。我用視線問她「怎麼了」，結果她睜大眼睛看著我說：

「真意外，你竟然這麼清楚。」

「……還好啦。」

腦中差點閃過不好的回憶，我不禁別過頭，順便轉移話題。

「材木座一直引用歷史實在很煩，但他至少是依據過去的歷史做出設定，所以還好一點。」

雪之下聽完瞄了材木座一眼，用打從心底厭惡的表情問道：

「……還有更糟的嗎？」

「有。」

「我就聽來參考一下，到底有多糟？」

「這個世界曾經有七個神，分別是屬於創造神的三柱神『賢帝葛蘭』、『女戰神梅席卡』、『心之守護哈堤亞』，屬於破壞神的三柱神『愚王歐圖』、『失落聖堂洛格』、『疑神疑鬼萊萊』，以及永久欠神『無名神』。他們讓世界反覆經歷繁榮與衰退，而目前正處於第七次循環。日本政府為了防止世界再次走向滅亡，到處尋找這七個神的轉生體。其中最重要、能力仍是未知數的永久欠神『無名神』，正是我比企——喂，妳怎麼那麼會套話！很可怕耶！我差點要一五一十地說出來！」

「我完全沒有要套你的話……」

「真不舒服……」

「由比濱，注意妳的言詞，我會產生自殺的衝動喔。」

雪之下宛如投降般嘆一口氣，視線在我和材木座之間來回。

「也就是說，比企谷同學和他是同類吧？難怪對劍豪將軍之類的那麼清楚。」

「不不不，雪之下同學妳胡說什麼？那怎麼可能呢？我會這麼清楚，是因為我有選修日本史啊！還有玩『信長的野望』。」

「是嗎？」

雪之下的眼神充滿懷疑，彷彿要我去死一死。

但我不會就此退縮，因為我跟材木座並非同類。我能堂堂正正地直視雪之下，因為她說的並不對。

我和材木座不是同類，而是「曾經」是同類。

「八幡」這個名字相當少見，所以有段日子，我真的以為自己很與眾不同。一個從小就喜歡動漫畫的人，會有這種妄想也無可厚非。

一個人在被窩裡想著自己擁有神祕力量，某一天那股力量會突然覺醒，把自己捲入攸關世界存亡的戰爭中。為了那一刻的到來，開始每天寫神界日記、三個月寫一份報告給政府——每個人都幹過這種事吧？難道沒有嗎？

「……好吧，以前可能一樣，但現在不同。」

「這個嘛……」

雪之下壞心地笑了笑，接著走向材木座。

我看著她的背影，同時心想：我真的和材木座不一樣嗎？

答案是肯定的。

我不再作愚蠢的妄想，也沒再寫神界日記或給政府的報告，最近頂多會寫「絕不原諒名單」而已。名單中的第一位當然是雪之下。

我不會做好鋼彈模型後發出效果音玩起來，不會用洗衣夾打造最強機器人，也從拿橡皮筋和鋁箔紙鍊成防身武器的階段畢業，更不再拿爸爸的大衣和媽媽的人造皮草圍巾玩角色扮演。

我和材木座不一樣。

當我得出這個結論時，雪之下也來到材木座眼前。由比濱還小聲說：「小雪乃快逃！」妳這樣講材木座很可憐耶。

「我大致上明白了。你的請求是要把心病治好吧？」

「……八幡，余依據和汝之契約，為了實現朕之願望，千里迢迢來到此地。那是崇高聖潔的慾望，也是唯一的願望。」

材木座看向我，無視雪之下的存在。你連第一人稱和第二人稱都用得亂七八糟，腦袋到底有多混亂？

這時我突然注意到一件事——只要雪之下跟他說話，他一定會轉頭看我。

我能體會材木座的心情。要是我不知道雪之下的本性就被她搭話，一定也會不知所措，沒辦法好好正視她的臉。

但雪之下沒有一般人的心腸，不懂得體恤男人的純情。

「現在是我在跟你說話。當我在說話時，請你好好看著我。」

雪之下的聲音相當冰冷，而且她還揪住材木座的衣領，硬是把他拉回正面。

沒錯，雪之下自己明明沒什麼禮貌，卻要求別人要有禮貌。因為她那種個性，我也被訓練成一來社辦就會主動打招呼。

雪之下鬆手後，材木座真的咳了幾聲。看來現在不是演戲的時候。

「……咕、咕哈、咕哈哈哈哈，真是嚇到我了。」

「也不要那樣說話。」

「……」

材木座被雪之下冷漠以對，因而默默低下頭。

「這個季節為什麼還要穿大衣？」

「……唔、唔嗯。這是保護身體不受瘴氣侵襲的裝備，原本是我的十二神器之一。當我轉生到這個世界後，才特地把它變成最適合這個身體的型態。呼哈哈哈哈哈哈哈！」

「不要那樣說話。」

「啊，是……」

「那你戴的半指手套呢？這有什麼意義？那樣沒辦法保護指尖吧？」

「……啊，是的。呃……這是我從前世繼承的十二神器之一，能射出金剛鋼線的特殊護手。為了能自由操作，才刻意露出指尖……就是這樣！呼哈哈哈哈！」

「注意你的說話方式。」

「哈哈哈！哈哈、哈啊……」

材木座起初放聲大笑，之後卻顯得越來越無力，甚至夾雜悲哀的嘆息，最後陷入沉默。

雪之下似乎覺得他很可憐，一改先前的語氣，溫柔地對他問道：

「總之，只要治好你的病就好吧？」

「……啊，這個不是病。」

材木座從雪之下面前別開視線，很小聲地回話。他一臉困擾，不斷用眼神對我示意。

現在的他完全是普通的模樣。

材木座並沒有在雪之下炯炯有神的注視下還能繼續裝模作樣的能耐。

啊啊……我快看不下去啦！

材木座太可憐，害我想要幫他一把。

當我向前踏出一步、正要拉開雪之下和材木座時，腳下響起一陣沙沙聲。

那是不久前在社辦飛舞的紙張。

我撿起那張紙，看到上面充滿一堆艱深的漢字，一片黑壓壓地吸引住我的目光。

「這是……」

我移開視線，環顧教室四周，發現四十二乘三十四的稿子遍布室內。我一張一張撿起，按照順序排列。

「嗯，我不說你也能會意，真不簡單，不枉費我們曾一起度過那段地獄時光。」

由比濱完全不理會材木座的感慨，看向我手上的東西。

「那是什麼？」

我將這疊紙遞給由比濱，她啪啦啪啦地翻閱。她一邊看著，頭上一邊冒出問號，最後深深嘆一口氣，將那疊紙還給我。

「這是什麼？」

「我想應該是小說原稿。」

這時，材木座故意咳一下，表示他有話要說。

「感謝你的明察，那正是我的輕小說原稿。我想投稿到某個新人獎，但因為沒有朋友，聽不到大家的感想。你們就讀看看吧。」

「總覺得你好像若無其事地說出很悲哀的事……」

中二病患者立志成為輕小說作家，可說是理所當然的發展。想將憧憬的事物化為形體是很正常的情感。不僅如此，時常妄想的人認為自己寫得出好作品，這也沒什麼好奇怪的。再說，能將興趣和工作合而為一，的確是一種幸福。

因此材木座想成為輕小說作家，不會讓我太驚訝。

比較驚訝的是，他特地拿作品來給我們看。

「網路上有些給大家投稿的網站跟討論串，你可以貼在上面啊。」

「不行，他們講話太直接，萬一被批評得一無是處，我可能會死掉。」

……精神真脆弱。

不過隔著一層網路，對人講話的確會不留情面。換成是朋友，應該會顧及對方的感受，說得比較含蓄。

正常而言，以我們和材木座的交情，實在說不出太嚴苛的意見。畢竟大家都不太會當面說出刺耳的話，最後趨向保守是必然的。不過，這僅限於正常情況。

「可是……」

我嘆一口氣看向旁邊，和雪之下視線交會時，見到她露出一臉茫然的神情。

「我想，雪之下的意見會比投稿網站的網友批評還嚴苛喔。」

×　×　×

我和雪之下、由比濱各自把材木座的原稿帶回家，用一個晚上讀完。

材木座寫的小說，算是校園超能力戰鬥的題材。

這部曠世鉅作是以日本某座城市為舞台，描述神祕組織與擁有前世記憶的超能力者們在黑夜神出鬼沒，然後，一位平凡無奇的少年主角發現潛藏於自己體內的力量，並且接二連三打倒敵人。

讀完這篇小說時，天色已經泛白。

結果今天上課時，我幾乎都在睡覺，到第六節課都還昏昏沉沉的。好不容易熬過班會後，我便前往社辦。

「等一下！別走別走！」

一踏進特別大樓，我就聽到背後傳來由比濱的聲音。

她背著輕盈的書包追上來，和我並肩而行，顯得神采奕奕。

「自閉男，你好像不太有精神耶。怎麼啦？」

「沒有啊，看了那種東西當然會沒精神……我現在還是好睏。倒是妳，為什麼看完那種作品還能活蹦亂跳？」

「咦？」

由比濱眨了眨眼。

「……啊，說、說的也是。哎呀，我也覺得好睏喔。」

「妳絕對沒看吧……」

她沒有回答我的問題，逕自望向窗外還哼起歌曲。雖然她裝得一副沒事的樣子，臉頰和頸部卻不斷冒出冷汗……不知道她的襯衫會不會因此變透明。

× × ×

我打開社辦的門，難得見到雪之下在打瞌睡。

「辛苦啦。」

我開口打招呼，但雪之下依舊發出微弱的呼吸聲，睡得相當安穩。她的表情像在微笑，和平常冰冷不露破綻的樣子截然不同，兩者的差距讓我不禁心跳加速。

輕輕搖動的黑髮、晶瑩剔透又細緻的雪白肌膚、水汪汪的大眼睛、大小恰到好處的粉色嘴唇，那副沉靜的睡容讓我想永遠看下去。

這時，雪之下的嘴唇微微一動。

「……嚇我一跳，看到你的臉我馬上就醒了。」

嗚哇……我也瞬間清醒過來。還好，差點要被她誘人的睡相騙得鬼迷心竅。真想讓這女人就此一睡不醒。

雪之下像小貓般張開嘴巴打呵欠，然後大大伸一個懶腰。

「看來妳也讀得很累。」

「是啊，我很久沒有熬夜，而且又沒讀過這類作品……看來是沒辦法喜歡。」

「啊～～我也絕對沒辦法喜歡。」

「妳根本沒看吧？現在還不快點看。」

由比濱不高興地「唔」了一聲，從書包取出小說原稿。她的原稿連一點折痕都沒有，非常乾淨。

她啪啦啪啦地快速翻閱整篇小說，好像真的覺得很無趣。

我觀察一會兒，然後開口：

「材木座的作品不代表輕小說的一切，市面上還有很多有趣的作品。」

我很清楚這句話對材木座幫不上忙，不過雪之下聽了，微微歪著頭詢問：

「例如你最近在讀的東西嗎？」

「是啊，很有趣喔！我個人推薦ＧＡＧＡ——」

「我會找機會看看。」

我切實感受到「講這種話的人絕對不會看」的定理。

下一秒，有人粗暴地敲打社辦大門。

「在下有事相求。」

材木座一派古風地打招呼，走進社辦。

「那麼，讓我聽聽諸位的感想。」

材木座一屁股坐到椅子上，威武地將雙手交叉於胸前，一臉充滿自信，帶著不知打哪來的優越感。

相對的，坐在他對面的雪之下，難得露出一副難以啟齒的表情。

「很抱歉，我對這類作品並不熟悉……」

雪之下先如此開頭，材木座則大方回答：

「無妨。我正想聽聽世俗的意見，妳儘管說。」

「好。」

於是雪之下輕輕吸一口氣，下定決心開口。

「非常無聊，讀起來甚至覺得痛苦，這部作品超乎想像地無聊。」

「咕唔！」

雪之下一句話就置材木座於死地。

材木座受到打擊，整個身體大大向後仰，椅子還發出「喀噠喀噠」的聲音，之後才勉強恢復姿勢。

「唔、唔嗯……可、可以告訴我是哪裡無趣，讓我當作參考嗎？」

「首先，你的文法亂七八糟。為什麼老是用倒裝句？助詞、助動詞的用法到底懂不懂？難道小學沒學過？」

「唔咕……那、那樣寫比較平易近人，讀者更容易產生親切感……」

「這應該等你能寫出正確的句子再說吧？此外，你的標音有很多問題。沒有人會把『能力』念成『chikara』，還有『幻紅刃閃』這個詞怎麼會標為『Bloody Nightmare Slasher』?『Nightmare』是從哪裡來的？」

「咳咳！唔、唔唔，不是的！最近超能力格鬥作品的特徵就是特別的標音——」

「那叫做自我陶醉，除了你以外沒人看得懂。你真的想讓大家讀這篇作品嗎？對了，說到作品，你的劇情發展太容易猜到，一點樂趣都沒有。而且女主角為什麼要在這裡脫衣服？那根本沒必要，看了也很反感。」

「噫～～聽、聽說不那樣安排會賣不好……至於劇情發展，那是……」

「還有敘述句太長，生難字太多不好閱讀。話說回來，不要拿還沒完結的故事給人看好嗎？在賣弄文采之前，請先多補充常識。」

「呀啊啊！」

材木座四腳朝天大聲慘叫，肩膀不斷抽搐，雙眼翻白望向天花板。他誇張的反應看得我都煩了，差不多該停止比較好。

「應該夠了吧？一次全講出來未免太狠。」

「我還沒說完呢……好吧，接下來換由比濱同學嗎？」

「咦？我、我也要？」

材木座看向面露驚訝的由比濱，對她投以求助的視線，眼角還泛著淚。她看材木座那麼可憐，於是雙眼盯著空中，試著尋找可以誇獎的部分，硬是擠出這句話：

「我、我覺得……你、你知道很多艱深的詞彙。」

「咕哇！」

「妳幹嘛給他致命一擊……」

對一個立志成為作家的人來說，那句話等於是禁忌，因為那代表他毫無其餘可取之處。還不習慣輕小說的人被問到感想時，經常會這樣回答。只是，一部小說若是被如此評價，就跟「不好看」沒什麼兩樣。

「那、那換自閉男說吧。」

由比濱迅速逃離座位，將位子讓給我。她本來坐在材木座對面，現在卻躲到我的斜後方。

看來她不忍心再正視燃燒殆盡、化為白灰的材木座。

「咕、咕唔。八、八幡，你應該能理解吧？若是你，應該能明白我描繪的世界、輕小說的地平線吧？這是愚民們無法理解的遼闊故事。」

是啊，我瞭解。

我點點頭，要材木座放心，他的眼神也對我說「我相信你」。

如果我不回應他，就不配當一名男子漢。於是我深呼吸一次，溫柔地開口：

「說吧，你抄襲哪部作品？」

「噗嗚！咕、咕噫……噫嘻嘻……」

材木座滿地滾來滾去，猛力撞上牆壁才停下來一動也不動。他兩眼無神地望著天花板，一滴淚水滑下臉頰，完全是想一死了之的模樣。

「……你真不留情，講得比我還刻薄。」

連雪之下也往後退好幾步。

「你啊……」

由比濱用手肘輕戳我的側腹，似乎在說「還有其他東西可以講吧」，但還要說什麼呢……我思索好一會兒，終於想到自己遺漏最根本的部分。

「反正插圖才是重點，故事怎樣不用太計較啦。」

× × ×

有好一陣子，材木座不斷進行吸氣、吸氣、吐氣的拉梅茲呼吸法，讓心情恢復平靜。接著，他像剛出生的小鹿，一邊顫抖著四肢一邊站起身。

他拍掉身上的灰塵直視我。

「……你們還肯再看我的作品嗎？」

我不禁懷疑自己聽錯了。材木座見我一頭霧水、沒說任何話，又再詢問一次，這回他的聲音比剛才宏亮。

「你們還肯再看我的作品嗎？」

他看著我跟雪之下，目光充滿熱誠。

「你……」

「你是被虐狂嗎？」

由比濱躲在我背後，厭惡地盯著材木座，好像在說「去死吧，變態」。不，他不是那樣啦。

「你被批評得體無完膚，還想繼續寫？」

「當然。評價的確很慘烈，讓我覺得乾脆去死算了，反正活著也不會受異性歡迎，又沒有朋友。應該說，我希望我之外的人全都去死。」

「是啊。如果是我，被批評成那樣也會很想死。」

但材木座卻接受一切負評，繼續說下去。

「可是，即使如此，我還是很高興。讓別人閱讀自己因為喜歡而寫出的作品，然後聽聽對方的感想，這是一件很棒的事。雖然不知道該怎麼形容這種感覺……但我真的很開心。」

接著，材木座笑了。

那不是劍豪將軍的笑容，而是材木座義輝的笑容。

——啊啊，原來如此。

他不只有中二病，還有很嚴重的作家病。

這種人會想寫作，是因為有東西想寫或想傳達給別人。若自己的作品能打動他人的心，便會非常高興。他會不斷寫作，即使得不到任何肯定，仍會繼續創作。這就是作家病的症狀。

因此，我的答案已經很明顯。

「嗯，我會讀。」

我不可能不讀的。那是材木座的中二病症狀發展到極致才達到的境界。即使被當作有病、遭到白眼、受到無視、淪為笑柄，他也絕不放棄或改變信念，那是他將自己的妄想化為形體、堅持到底的證明。

「我寫好新作會再拿過來。」

材木座說完後轉過身，昂首闊步離開社辦。

連關上的門看起來都莫名耀眼。

即使扭曲、幼稚、不合理，但只要能貫徹始終，那一定是正確的。如果遭到他人否定就輕易改變，那種程度的東西才不配叫做「夢想」或「自我」。所以，材木座不需要改變。

——除了他讓人不舒服的地方。

× × ×

過幾天……

今天最後的第六堂課是體育。

我和材木座依舊湊成一組，這點並無改變。

「八幡，現在最紅的插畫家是誰？」

「你現在就煩惱這點未免太早，先得獎再說。」

「嗯，的確。問題是我要從哪家出版社出道……」

「你怎麼老是以得獎為前提啊？」

「……如果作品大賣而改編成動畫，有機會跟配音員結婚嗎？」

「夠了，別胡思亂想。你先把小說寫好，懂嗎？」

我們開始會在體育課交談。要說有什麼改變，大概就是這點。

不過，我們都聊些沒營養的東西，也不是特別有趣，所以不會像其他同學那樣發出大笑。

我們的對話既不時尚也不帥氣，盡是些無可救藥的話題。

連我自己都覺得很蠢，根本沒有半點意義可言。

不過，至少體育課不再是「討厭的時光」。

大概是這樣。

My youth romantic comedy is wrong as I expected.
「材……什麼的，你腦袋怪怪的，好可憐。」
「材木座，把你的人生和角色設定統一起來！」

畢業發展調查表

總武高級中學　2年C班

姓名

材木座　義輝

男・女（男 circled）

座號　１２

請寫下你的信念。

常在戰場，吾乃利刃。

你在畢業紀念冊寫下什麼夢想？

小學→漫畫家。

國中→作家。

為了將來，你現在做了哪些努力？

為了即將到來的戰鬥，手臂隨時戴著一公斤的力量護腕。

師長建議：

你是在跟誰戰鬥？還有，就算你解除護腕，體內蘊藏的力量也不會變強。

你的夢想從漫畫家變成小說家，是因為不會畫圖嗎？

6 可惜戶塚彩加是個帶把的男兒身

我妹妹小町一手拿著塗滿果醬的吐司，埋首於時尚雜誌中。我則坐在一旁打量她，一邊啜飲早晨的黑咖啡。

雜誌報導裡滿是「求愛大作戰」、「超吸睛」之類讓人火大的詞彙，足以顯現其智能之低落，我氣到差點從嘴角流出咖啡。

喂，真的假的？日本這樣下去行嗎？這篇報導換算成偏差值可能只有二十五耶！然而，我妹妹卻頻頻點頭，到底是哪裡讓妳產生共鳴？據說這本叫做《青春天堂》的時尚雜誌，目前在國中女生間非常流行，可說是人手一冊，沒有在看的人好像還會被欺負。

小町一邊看雜誌，一邊發出「喔～～」的聲音表達佩服，還把麵包屑掉在雜誌上。妳是一個人在演《糖果屋》嗎？

現在時間是早上七點四十五分。

「喂，要遲到囉。」

我用手肘頂一下妹妹的肩膀，提醒她該出門，這時小町才猛然抬頭看時鐘。

「哇！糟糕～～」

小町趕緊闔上雜誌站起身。

「等一下，妳的嘴角擦一下吧。」

「咦？真的嗎？果醬？」

「妳的嘴巴是自動步槍嗎？沾到果醬不是那樣講啦（註26）。」

她一邊大呼糟糕，一邊用睡衣袖子抹掉嘴角的果醬。我妹妹真是豪邁。

「還有，哥哥，你講的話小町常常聽不懂。」

「那是妳吧！」

小町對我的話充耳不聞，慌忙換上制服。她脫掉睡衣後，裡面是滑嫩雪白的肌膚、運動內衣和白色內褲。

別在這裡換衣服啦。

妹妹是一種很奇妙的存在。不論她多可愛，都不會讓你有特別的感覺，她的內衣也不過是普通的布料。這種人可愛歸可愛，但只會讓人覺得「果然是因為和我很像吧」。真正的妹妹就是如此。

註26　此處原文為「ジャムる」，小町直接把「果醬」一詞當成動詞使用，但「ジャムる」是卡彈之意。

我一面用眼角餘光瞥見小町穿上無趣的制服、及膝的裙子和三摺襪，不時還露出內褲，一面把砂糖和牛奶拿過來。

小町最近很常喝牛奶，似乎是想讓胸前更雄偉一些。不過這種事一點都不重要。不過，刻意把「妹妹喝過的牛奶」加上引號後，有種違背倫理的情色感。不過，這種事也一點都不重要。

我拿起砂糖和牛奶，並非因為那是「妹妹喝過的牛奶」，而是單純要加到咖啡中。

我是道地的千葉人，出生時用MAX咖啡洗第一次澡，從小也幾乎是喝MAX咖啡長大而非母乳。對我來說，咖啡就是要甜才行，能加煉乳會更好。

雖然黑咖啡我也喝得下去，不過……

「……人生在世何其痛苦，所以咖啡至少該甜一點。」

這句話被MAX咖啡拿去當廣告詞都不會太奇怪。我喃喃自語，將甜咖啡一飲而盡。

剛才那句話說得真好，那家公司應該好好考慮一下。

「哥哥！小町準備好了！」

「哥哥還在喝咖啡啊……」

我不太像地模仿電視上重播的「來自北國」，小町當然沒發現，還開心地唱著「要遲到了♪要遲到了♪」，我實在看不出她是不是真的想遲到。

大約在幾個月前，我的傻瓜妹妹徹底睡過頭，幾乎快要遲到，於是我騎著腳踏車載她去學校。

後來，我越來越常那麼做。

女生的眼淚是最不能相信的事物。尤其是小町，她具備作為一個妹妹特有的本領，非常懂得利用哥哥，實在很壞心。託她的福，我對異性的觀念被她改寫為「女人＝像我妹一樣利用男人的人」。

「我會對異性抱持不信任感都是妳害的。要是以後結不了婚，我老了要怎麼辦？」

「小町會幫你想辦法！」

小町對我微笑說道。過去我一直視她為小孩子，但她現在的表情有種成熟的韻味，我感覺到自己的心跳正在加速。

「我會努力賺錢，送你去養老院。」

不，與其說是成熟的韻味，不如說是成熟的意見。

「……果然是我的妹妹。」

我不禁嘆一口氣。

我一口氣喝完咖啡站起身，小町則在後面推著我說：

「都怪哥哥慢吞吞的，已經這麼晚了！小町會遲到啦〜〜」

「妳這小鬼……」

她要不是我妹妹，早已一腳被我踢飛。一般家庭都是重男輕女，但我們家正好相反。爸爸對女兒的溺愛程度非比尋常，他的名言是「敢接近小町的男人，就算是她哥哥我也照殺」，連我都被嚇到。如果我敢踢妹妹，一定會被爸爸轟出家門。

總之，我不但在學校裡屬於最低階分子，連在家裡也最沒有地位。

我走出玄關，騎上腳踏車，小町跟著坐上後座，雙手緊抱我的腰。

「出發！」

「妳連謝謝都不說喔。」

道路交通法禁止腳踏車雙載，但看在我妹的腦袋跟幼兒沒什麼兩樣的分上，就原諒我吧。

腳踏車輕快向前行，小町對我說：

「這次別再撞車囉，今天小町也在車上呢。」

「難道我一個人撞車就沒關係嗎……」

「不是不是。因為哥哥常常露出一副死魚眼，像是在發呆，讓妹妹很擔心嘛。這是妹妹的愛喔！」

小町把臉貼在我背上磨蹭。如果她沒說最後那句話，感覺是很可愛沒錯，可惜現在我只覺得她是個鬼靈精。

不過，我也不想讓家人多操心。

「……是，我會小心。」

「尤其是載小町的時候要特別小心。」

「臭小鬼，要不要我故意騎凹凸不平的地方啊？」

雖然嘴巴上這麼說，但我可不希望像上次那樣真的做了，結果她一直在後座吵著屁股很痛、處女不保之類的，所以還是選擇平坦的道路。都是因為她說那些話，害我被左鄰右舍冷眼相待……

不論如何，騎車還是安全第一。

我上高中的第一天就發生交通事故。因為太期待開學典禮和新生活，我特地提早一小時出門，結果反而倒大楣。

當時大約是七點出頭，一位在高中附近溜狗的女孩子沒握緊狗鍊，不巧又有一輛看似有錢人家的轎車駛來，當我回神時，自己已經猛踩踏板衝出去。

結果我被救護車送去醫院，還在病床上躺了三週。就是那一瞬間，讓我註定入學後交不到朋友。

那輛閃閃發光的全新腳踏車幾乎全毀，我的黃金左腳也碎裂骨折。

如果我會踢足球，日本足球界的未來也將蒙上一層陰影，好險我不會踢足球。

值得慶幸的是，我的傷勢不太嚴重。

感到悲哀的是，只有家人來探過病。

我的家人三天會來一次。拜託你們每天都來好嗎？

後來，他們還趁來探病時順便在外頭吃大餐。每次聽他們報告吃了壽司或燒肉時，我都有種想折斷妹妹小指的衝動。

「不過哥哥復原得很快呢，太好了，一定是因為那個石膏有效。石膏果然對撞傷很有用。」

「笨蛋，妳是要說『軟膏』吧？而且我不是撞傷，是骨折！」

「哥哥又在講些別人聽不懂的話。」

「我說過了！那是妳的問題！」

但小町不理會我，逕自轉移話題。

「降說來——」

「啊？一世風○ Sepia 嗎？這個梗太老了。」（註27）

「哥哥，我是說『這樣說來』。你的聽力真差。」

「是妳咬字不清……」

「這樣說來，你發生車禍後，那隻狗的主人有來家裡道謝。」

「我完全不知道……」

「因為你都在睡覺啊。她還送點心給我們，很好吃喔。」

「喂，那茶點我根本沒吃到吧？為什麼妳一個人全部吃光？」

我轉過頭，看到小町不好意思地傻笑，甚至還能想像她發出「嘿嘿☆」的笑聲。這傢伙真是會氣死人……

註27 「降說來」的原文「そいやさ」，與日本團體「一世風靡Sepia」發音相似。

「不過你們念同一所學校，應該曾見過面吧？她說會在學校裡向你道謝。」

嘰嘰──我不禁煞住腳踏車，小町發出「啊嗚」一聲慘叫，整個臉撞上我的背。

「做什麼啦！」

「……為什麼不早點告訴我？妳有問她的名字嗎？」

「啊？好像叫做……『送點心的人』吧？」

「又不是中元節，別把人家講得像『送火腿的人』。她叫什麼名字？」（註28）

「嗯～忘了耶～啊，學校到啦，小町先走囉。」

小町輕巧地跳下腳踏車，奔向校門。

「那個小鬼……」

我瞪著小町逐漸遠去的背影。當她要進入校舍前，還特地轉過身向我舉手敬禮。

「小町去上學囉！謝謝哥哥～～」

小町笑容滿面地揮手告別，害我不禁覺得她那樣有點可愛。我也對她揮手後，她立刻補充一句：「要小心車子哦！」

我無奈地輕輕嘆口氣，將腳踏車調頭，前往自己的學校。

據說那隻小狗的主人也讀那所學校。

我並不是特意想找她，只是有點興趣。

不過，入學一年以上還沒見過面，應該代表對方沒那個意思吧？也罷，不過是

註28 丸大食品公司的火腿廣告裡，每年中元節送火腿來的人通稱「送火腿的人」。

救條狗而受傷骨折，她有登門來道謝已經不錯。

我忽地看向腳踏車的籃子，裡面有個不是我的黑色書包。

「……那個傻瓜。」

我再度調頭疾馳，不一會兒便看到小町哭喪著臉跑過來。

×　×　×

在這所學校裡，每過一個月體育課的內容便會改變。

本校的體育課是三個班級共同上課，六十個男生分別進行兩種項目。之前剛上過排球和田徑，這個月開始是網球和足球。

和團隊合作比起來，我跟材木座都是重視個人技巧的前鋒，如果選擇足球，恐怕會給隊友添麻煩，因此改選網球……而且，我早已因為左腳的舊傷放棄足球。雖然我從來沒踢過足球。

不過，今年想上網球課的人特別多，在一番激烈的猜拳爭奪後，我順利留在網球組中，落敗的材木座則被分到足球組。

「呼，八幡，不能讓你見識我的『魔球』，真是可惜……沒有你在，我要和誰練習傳球啊？」

材木座本來還在逞強，最後還是淚眼汪汪地投以求助的眼神，令人印象深刻。

可是，我才想問他這個問題吧！

於是，網球課正式開始。

簡單做完暖身運動後，教體育的厚木老師把所有動作都講解過一遍。

「好，你們對打看看，兩兩一組各自散開。」

接著，大家三三兩兩湊好組別，各自散到球場兩端。

為什麼大家的動作那麼快，不用看四周就能分好組，難道你們都是no look pass的高手嗎？

我的落單雷達敏銳地發出警告。

用不著擔心，我早已準備好錦囊妙計。

「老師，我身體不太舒服，可以對牆壁練習就好嗎？不然會給別人造成麻煩。」

我不等厚木老師回應，直接開始和牆壁對打，就像玩敲磚塊一樣。老師發現自己錯失開口的時機，也沒再多說什麼。

真是完美！

「身體不舒服」、「會帶給別人麻煩」，使用雙重藉口能發揮相乘效果，再不著痕跡地表達自己想上課的心意，即為這招奏效的關鍵。

經過多年的體育課生涯，這正是我領悟到的應付「自己找同學組隊」之對策。改天傳授給材木座，他一定會高興得痛哭流涕。

我不斷追逐彈回的網球，再正確地打回去，枯燥的上課時間就這麼持續著。

周圍的男同學打得相當激烈，喊叫聲不絕於耳。

「喝啊！喔喔！剛剛那球強不強？超猛的吧？」

「太猛了！一定接不住啦！超強的！」

男同學一邊鬼叫，一邊開心地練習對打。

吵死了，去死吧——我在內心咒罵，轉過頭發現葉山也在那裡。

葉山那組已經增加到四個人，一位是班上經常和他在一起的金髮男，那金髮男的背後還有兩位是誰？我對他們的臉沒印象，所以八成是C班或I班的人。總之，他們散發出刺眼的型男光芒，那一區顯得特別華麗。

「唔喔！」

金髮男沒打到葉山的球，因此大喊一聲。大家都往他那裡看過去。

「哇，葉山！你那球太強啦！是不是有轉彎？有吧？」

「只是剛好切到而已。抱歉，是我失誤。」

葉山舉起單手道歉，金髮男則蓋過他的說話聲，非常誇張地回應：

「真的假的？切球不就是『魔球』嗎？太猛了，你太猛啦！」

「果然嗎？」

葉山也高興地附和對方。接著，在他們旁邊對打的兩人朝葉山搭話。

「葉山同學，你網球也打得很好呢。剛剛那是切球嗎？也教教我吧。」

一位留著棕色頭髮、相貌還算清秀的男生靠上前說道。他應該跟我同班，但我不知道他叫什麼名字。不過，既然我不知道他的名字，代表他不是什麼重要角色。

於是，葉山那一組馬上擴張到六個人，成為這堂體育課的最大在野黨。話說回來，六人團體和性愛機器人聽起來可真像（註29）。沒錯沒錯很色很色。

總之，葉山王國稱霸體育課，場上瀰漫著非葉山集團就不該上體育課的氣氛。自然而然，葉山那群人以外的同學不再有聲音。我反對他們打壓言論自由。

葉山集團總是給人吵吵鬧鬧的印象，但葉山本人其實不會積極出聲，而是周遭同學很吵。應該說是自願當他左右手的金髮男很吵。

「切球！」

你看，吵死人了。

金髮男打出的那球根本不算切球，而且遠遠偏離葉山所在的位置，往太陽照不到的陰暗角落飛去，也就是我所在的位置。

「啊，不好意思！那位，呃……比、比企鵝同學？比企鵝同學，能幫我撿一下球嗎？」

比企鵝同學是誰啊！

我懶得開口糾正，直接撿起在地上滾動的球扔回去。

「謝啦。」

葉山露出爽朗的笑容，對我揮手致謝，我也用點頭回應他。

註29 六人團體為「sextet」，性愛機器人為「sexaroid」，發音相似。

……為什麼我要點頭？

看來我本能地認為葉山在自己之上，未免太卑微了，卑微到論卑微不會輸給任何人的程度。

我將轉趨灰暗的心情擊向牆壁。

青春就是要有牆相伴。

……這樣說來，為什麼平胸會被喻為「塗壁」（註30）呢？

有一種說法是，「塗壁」是狸貓變成的妖怪，其實就是狸貓的陰囊攤開而來。那到底是什麼樣的牆壁？不會像想像中的那麼柔軟吧？但反過來說，既然會將平胸揶揄為「塗壁」，也就代表它不柔軟吧？證明完畢……我是笨蛋嗎？

但葉山不可能做出這種推論。只有像我這樣天才的憤慨之士，才有辦法提出這種奇蹟般的假設。

嗯，今天就算平手吧，先這樣。

×　×　×

午休時間，今天我也是在老地方吃午飯。

我的固定座位在特別大樓一樓，保健室、福利社的斜後方。以位置來說，這裡

註30　此日文漢字意指塗上灰泥的牆壁，同時是一種傳說中妖怪的名字。

正好可以飽覽網球場。

我享用著從福利社買來的熱狗餐包、鮪魚飯糰和炒麵麵包。

真舒服。

磅、磅、磅——間隔非常固定、宛如打鼓的聲響讓我萌生睡意。

女子網球社的社員利用午休時間自行練習。她總是對著牆壁擊球，熟練地追逐彈回的球，再將它打回去。

我一邊看著女網社的練習，一邊吃完午餐。午休時間已快要結束，我啜飲著鋁箔包裝的檸檬茶，此時一陣風「咻～」地吹過。

風向變了。

儘管天候也有影響，不過，這所臨海學校吹的風會在中午改變風向。上午是從海邊吹來，過中午則會從陸地吹向海洋。

我不討厭一個人感受風吹的時光。

「咦，是自閉男啊？」

熟悉的聲音隨風而來，是由比濱。只見她按住被風吹起的裙子站在那裡。

「你怎麼會在這裡？」

「我平常都在這裡吃飯。」

「咦～～是喔，為什麼？在教室吃不就好嗎？」

「……」

由比濱似乎打從心底感到不可思議，我則是沉默以對。如果能在教室吃飯，我就不會在這裡了，妳識相一點行不行？

換個話題吧。

「倒是妳，來這裡做什麼？」

「問得好！其實是我和小雪乃猜拳猜輸，得接受處罰遊戲。」

「處罰內容是來和我說話嗎……」

好過分，我乾脆去死算了。

「不、不是不是！只是輸家要跑腿買果汁！」

由比濱連忙揮手否定。什麼嘛，嚇死我了，我差點要去死呢。

我輕撫胸口鬆一口氣，這時由比濱在我旁邊坐下。

「一開始小雪乃還說：『自己的糧食我會自己去爭取。滿足於那小小征服慾的行為，有什麼樂趣可言嗎？』還一臉不甘願的樣子。」

不知為何，由比濱模仿起雪乃說話，但完全不像。

「這的確很像她的作風。」

「嗯，不過我問她『妳沒自信贏過我嗎』之後，她便答應和我猜拳。」

「……這的確很像她的作風。」

那個女人總是很冷淡，不過只要提到比賽，就會變得極度不服輸。不久之前，她也因此接受平塚老師的挑釁。

「小雪乃猜贏時，還默默比出小小的勝利手勢……好可愛喔！呼～」

由比濱滿足地嘆息說道。

「我第一次覺得處罰遊戲這麼開心。」

「妳以前曾玩過類似的遊戲嗎？」

由比濱點頭。

「以前……有玩過。」

聽她這麼一說，我忽然想起之前午休快結束時，一群腦袋有問題的人聚在教室角落猜拳，還大聲嚷嚷。

「哈，是小圈圈自嗨啊。」

「那是什麼反應？感覺真差。你很討厭那種事嗎？」

「我當然討厭小圈圈自嗨或自爽啦。啊，不過我很喜歡看他們起內鬨，因為我不在小圈圈之中。」

「這理由很悲哀，你的個性也很爛！」

要妳管！

由比濱露出笑容，用手按住被海風吹起的頭髮。她的表情和在教室與三浦她們在一起時，又有所不同。

啊啊，原來如此。她的妝似乎變得比較自然，不像以前那麼濃。說不定她更早之前就已改變，不過我不會盯著女生的臉猛瞧，所以不知道這種事。

不過，這也是她有所改變的證明，雖然很微不足道。

幾乎沒化妝的由比濱一笑，眼角便會下垂，讓原本稚氣的臉蛋顯得更加年幼。

「可是，你也經常在小圈圈裡自嗨啊。看你們在社辦聊得那麼開心，有時我都覺得自己沒辦法加入你們。唉～～」

由比濱環抱膝蓋，把臉埋進膝蓋裡，並且微微揚起眼神窺探我。

「我想和你們多聊聊……啊，我沒有什麼奇怪的意思喔！是、是指也和小雪乃多聊聊的意思，你應該懂吧？」

「放心，我不會對妳這種人會錯意。」

「這是什麼意思！」

由比濱火冒三丈，猛然抬起頭。我舉起手要她冷靜，別動手打人，然後開口：

「不過雪之下另當別論，那是不可抗力。」

「怎麼說？」

「嗯？喔，不可抗力的意思是『人類無法反抗的力量或事態』，抱歉我用的字太難。」

「不是啦，我不是聽不懂！而且你太看不起我了吧，我好歹是考試進來的！」

由比濱的手刀倏地刺向我的喉嚨，直接命中喉結，讓我一時喘不過氣。她則眺望遠方，語重心長地問：

「……說到入學，我問你，你還記得開學典禮那一天嗎？」

「咳咳咳……啥？喔，抱歉，那天我發生車禍。」

「車禍……」

「對。開學第一天，我騎腳踏車時遇到一個笨蛋沒拉緊小狗項圈上的鍊子，只好在小狗快被車撞到時衝過去救牠。我簡直和及時出現的英雄一樣，超帥的。」

這番話好像有點加油添醋，但反正沒人知道真相，無所謂。再說，沒人知道自己的事蹟，就沒人會宣揚出去，所以我更得好好展現自己的優點。

然而，由比濱聽完，表情有點抽搐。

「竟、竟然說人家是笨蛋……你、你還記得對方是誰嗎？」

「當時都快痛死了，哪有閒功夫去記？不過，既然一點印象都沒有，應該是不怎麼起眼的人。」

「不、不怎麼起眼……那時我的確沒化妝……也還沒染髮，身上又只隨便穿件睡衣……啊，那件小熊睡衣看起來可能真的很像笨蛋。」

由比濱的聲音太小，我完全聽不見，只看到她低下頭念念有詞的模樣。難道是肚子不舒服？

「怎麼？」

「沒什麼……總而言之，你不記得那個女孩子吧？」

「我就說了不記得啦……咦，我有說她是女的嗎？」

「耶！啊，你有說你有說！一定有說！還口口聲聲說她是『女孩子』！」

「我到底是有多噁心啊。」

由比濱哈哈哈地笑著矇混過去，然後轉頭望向網球場，於是我也跟著看過去。

之前還在練習的女網社員正一邊擦汗一邊走回這裡。

「喂～～小彩～～」

由比濱揮手打招呼，她們似乎認識。

那個女生發現由比濱後，快步往這裡跑來。

「嗨，小彩在練習嗎？」

「嗯，我們社團很弱，所以中午也得練習……我之前一直去拜託，請校方中午也讓我使用網球場，最近才好不容易得到許可。由比濱同學和比企谷同學在這裡做什麼？」

「沒做什麼。」

由比濱說完，轉頭用眼神問我「沒錯吧」。不，我是來這裡吃午餐，妳則是要去買果汁。妳是雞嗎？記憶力怎麼這麼差（註31）。

「這樣啊。」

名叫「小彩」的女孩笑了笑。

「小彩上課時就在打網球，中午還要繼續練習，真辛苦。」

「還好啦，因為我喜歡打網球。話說回來，比企谷同學，你網球打得很好呢。」

註31　日本會用雞譬喻人記憶力差。

話題突然轉移到自己身上，我頓時陷入沉默。這件事我也是第一次聽說，還有妳是誰？為什麼知道我的名字？

我有一堆問題想問她，但由比濱搶先一步發出感嘆。

「咦～～真的嗎？」

「嗯，比企谷同學的打球姿勢很標準。」

「哎呀～～真不好意思，哈哈哈哈哈……所以，她是誰？」

最後幾個字我刻意壓低聲量，只讓由比濱聽到，但她的專長就是搞砸我的計畫。

「什麼？小彩跟你同班耶！體育課不也一起上嗎？你怎麼還不記得人家的名字？真不敢相信！」

「妳是笨蛋嗎？不要亂講，我記得一清二楚，只是突然忘記罷了！而且體育課是男女分開上的。」

竟然搞砸我意圖化解尷尬的計畫，這樣對方就知道啦，要是人家不高興怎麼辦？

我看向小彩，發現她的眼睛已經盈滿淚水。糟糕，那眼神的殺傷力真強，可愛到讓人憐惜的程度，以狗來說是吉娃娃，以貓來說則是短腿貓。

「啊、啊哈哈，你果然不記得我的名字……我是跟你同班的戶塚彩加。」

「抱歉啦，最近剛換班級，所以才會……」

「我一年級也跟你同班……呵呵，因為我沒什麼存在感……」

「沒那種事沒那種事！對啦，因為我和班上女生沒什麼交集，真要說的話，根本是連對方全名都不知道的程度。」

「給我記起來！」

由比濱往我的頭敲下去。戶塚看到這一幕，依舊哀怨地說道：

「你和由比濱同學的感情真好……」

「什、什麼？我、我們的感情才不好！我對他只有殺意！是殺了他之後我也同歸於盡的感覺喔！」

「沒錯沒錯——那樣很恐怖耶！愛情搞到最後變成殉情未免太沉重了！」

「什麼？你、你是笨蛋嗎？我才不是那個意思！」

「你們感情真的很好……」

戶塚輕聲說著，將視線轉回我身上。

「還有，其實我是男生……我看起來那麼柔弱嗎？」

「咦？」

我頓時停下一切動作和思考，急忙看向由比濱，用眼神問她「這是騙人的吧」，但由比濱點頭回應。她的臉頰紅冬冬，大概是剛才的氣還沒消。

什麼～～真的嗎？別騙我！這是在開玩笑吧？

戶塚察覺到我的眼中充滿懷疑，便紅著臉低下頭，眼神微微上揚看著我。

他的手漸漸伸向運動短褲，動作異常豔麗。

「……我可以證明給你看。」

我感覺到內心出現動搖。

惡魔八幡在我的右耳細語：「沒關係，讓他脫啊～～說不定會有好事發生呢！」有道理，這種機會的確很少有。「等一下！」喔喔，天使出現了。「既然要脫，就叫他連上半身也一起脫如何？」如何個頭！你不是天使嗎？

最後，我決定相信自己的理性。

沒錯，這類性別不明的角色，正是因為性別不明才有魅力。理性得到的結論要我冷靜做出判斷。

「總之，很抱歉。雖然是因為我跟你不熟，但終究讓你不太舒服。」

我道歉之後，戶塚搖搖頭甩去眼中的淚水，露出微笑。

「不會，沒關係。」

「話說回來，你怎麼知道我的名字？」

「咦？啊，因為比企谷同學很顯眼嘛。」

由比濱聽戶塚這麼說，轉頭對我猛瞧。

「什麼～～應該是很不顯眼才對吧？除非有什麼特別的事，不然根本不會注意到他。」

「笨蛋，我很顯眼好不好？跟綺羅星一樣超顯眼的。」

「哪裡顯眼？」

由比濱一本正經地問。

「……孤、孤零零地待在教室角落，反而很顯眼啊。」

「啊，那樣子的確滿顯眼……不，不是啦，抱歉。」

她馬上移開視線，這種態度反而更傷人耶。

戶塚見氣氛變沉重，趕緊跳出來打圓場。

「話說回來，比企谷同學網球打得很好呢。以前曾學過嗎？」

「我只在小學時玩過瑪利歐網球，沒有真的打過。」

「啊，是那款同樂遊戲吧？我也有玩過，雙打超有趣！」

「……我只能一個人玩。」

「咦……啊……對不起。」

「妳是怎樣啦，幹嘛專踩我心中的地雷？難不成妳的工作是挖掘我的創傷？」

「是你自己埋太多地雷啦！」

戶塚愉快地看著我和由比濱鬥嘴。

這時，宣告午休結束的鐘聲響起。

「回去吧。」

戶塚說道，由比濱也跟上。

我突然有種奇妙的感受。

是啊，我們都同一班，一起回教室是很理所當然的事，但此時我不禁有些感慨。

「自閉男，你還在做什麼？」

由比濱疑惑地回頭看我，戶塚也停下腳步看向我。

我能跟你們一起走嗎——我本來想這麼問，但又決定作罷。

所以，我換一句話。

「妳不是要去跑腿買飲料嗎？」

「啊？糟糕！」

×××

過幾天又來到體育課的時間。

經過反覆不斷的練習，我逐漸成為和牆壁對打的高手，現在已經達到腳完全不用動的境界。

從明天起，體育課將展開練習賽。換句話說，今天是最後一次練習對打。

我想把握最後的機會盡情揮拍，這時，有人戳戳我的右肩。

誰啊？背後靈嗎？又不會有人想和我講話，難道是見鬼？

我回過頭，右邊的臉頰剛好被手指戳中。

「哈哈，中計了。」

結果是笑得很可愛的戶塚彩加。

咦～～奇怪，這是什麼心情？為什麼我的心臟怦怦跳個不停？如果他不是男生，我早已跟他告白然後被拒絕了。咦？真的會被拒絕喔。

若看過戶塚穿制服的樣子，便會明白他是男生，可是一換上男女款式相同的運動服，真的會突然分不清楚。如果他腳上穿的不是運動短襪而是黑長襪，我肯定會分不出來。

戶塚的手臂、腰部和腿都很纖細，肌膚也十分雪白。

只可惜他的胸前沒有料，但雪之下的胸部也和他差不多小。

剎那間，我感覺到一陣強烈的寒意。

我因此恢復冷靜，對笑咪咪的戶塚開口。

「有事嗎？」

「嗯，平常和我一組的同學今天請假，所以……如果你不介意，要不要和我練習對打？」

不要用微微上揚的眼神看我啦，太可愛了！不准泛紅啊我的臉頰！

「喔，好啊，反正我也是一個人。」

對不起，牆壁，我沒辦法繼續和你對打……

我向牆壁致歉後答應戶塚，他宛如放下心似地鬆一口氣，輕聲說：「好緊張喔。」

聽他這麼說，我會比他更緊張。他實在太可愛了。

由比濱說過，有些女生會稱呼惹人憐愛的戶塚為「王子」。原來如此，戶塚跟女生一樣可愛，是個美少年，這個綽號的確很符合他的形象。「王子」這個字眼，應該也包含「想保護他」的意思。

於是，我和戶塚開始對打。

不愧是網球社社員，他的球技相當不錯。

我從跟牆壁對打的過程中學會準確發球，他也漂亮地接下每一顆球，並將球打回我的正前方。交手幾回合後，戶塚似乎覺得默默打球很無趣，便向我開口搭話。

「比企谷同學，你果然很厲害。」

由於我們之間相隔一段距離，戶塚的聲音聽起來有點遲緩。

「因為我一直在跟牆壁對打啊，已經摸熟網球了。」

「那是壁球，不能算是網球啦。」

我們如此對談，同時繼續對打。當其他人不時出現失誤時，只有我們不曾間斷。

這時，戶塚一手接住彈過去的網球，暫停對打。

「稍微休息一下吧。」

「好。」

我們兩人坐下。不過，為什麼要並肩而坐？這樣不是很奇怪嗎？通常同性朋友都是面對面或斜對面而坐吧？這距離會不會太近？會不會？會不會？

「比企谷同學，我有事想和你商量……」

戶塚的語氣相當認真。

原來如此，要商量祕密當然得靠近一點，所以他才這麼靠近我。

「有事想商量？」

「嗯，是關於我們網球社的事。我們很弱對吧？而且人又少，這次全國大賽結束，三年級生離開社團後，我們會變得更弱。一年級社員大多是從高中才開始接觸網球，很多人還不習慣……我們那麼弱，根本無法提振士氣，而且人數不多的話，大家自然都能成為正式球員。」

「原來如此。」

戶塚說的沒錯，弱小社團常常面臨這種問題。

弱小社團難以招募新血，人少的社團又不會出現爭奪正式球員位置的情形。即使請假或缺席，依然可以參加全國大賽；只要有參加比賽，就會有參與社團活動的感覺，即使輸了也很滿足。這種人絕對不在少數。

這種人不可能變強，而社團不變強就招募不到新血，於是形成惡性循環一直持續下去。

「我想……如果比企谷同學方便，能不能加入網球社？」

「……啥？」

為什麼變成這樣？

我以視線詢問，戶塚則雙手抱膝、縮起身子，不時朝我投以求助的眼神。

「因為你網球打得很好，感覺還會更進步，這樣一來便能帶給大家一些刺激，還有……如果有你在，我應該也能繼續加油。我、我沒有什麼奇怪的意思！我、我只是希望網球可以打得更好。」

「你柔弱一點沒關係……我會保護你。」

「……咦？」

「啊！抱歉，我說錯了。」

戶塚實在太惹人憐愛，我有一瞬間真的搞錯該說的話。不行不行，他實在太可愛，我差點二話不說地答應入社。就像為了爭取營養午餐多出的布丁，以超快的速度舉手報名那樣。

然而，就算戶塚再可愛，我也無法答應這個請求。

「……抱歉，我沒辦法。」

我很清楚自己的個性。

我不明白每天參與社團活動的意義，也不太理解一大早就運動的習慣。會做那種事的，只有在公園打太極拳的老爺爺們吧。我的座右銘是模仿可羅（註32）說「無法持之以恆是也～」，所以之後一定會退社。我第一次嘗試打工時，也是做三天就不幹。

如果我加入網球社，最後一定會讓戶塚失望。

「……這樣啊。」

戶塚似乎真的很失望。我思索著為他打氣的話。

註32　漫畫《奇天烈大百科》中的武士機器人。

「不過，我會幫你想想其他辦法。」

雖然什麼忙都幫不上啦。

「謝謝你。跟比企谷同學商量之後，我覺得輕鬆一些。」

雖然戶塚對我微笑，但我知道那只是一時的安慰而已。不過，如果戶塚真的有比較開心，那也就夠了。

× × ×

「不可能。」

雪之下劈頭便這麼說。

「怎麼這樣，妳——」

「不可能就是不可能。」

她用更冷漠的語氣回絕。

我將戶塚找我商量的事，轉而找雪之下討論，事情便是從這裡開始。

如果進展順利，我就能名正言順地退出侍奉社，假裝轉入網球社，之後再低調地淡出。然而，雪之下一口否決我的如意算盤。

「可是，我認為戶塚請我入社的想法沒錯啊，只要能對網球社社員造成威脅即可。一個新社員加入就像一記強心針，他們應該會有所改變吧？」

「你以為你能融入團體活動嗎？像你這種生物，對方根本不可能接納。」

「唔……」

的確不可能，這也會是我退社的原因。看到別人開開心心地享受社團活動，我搞不好會用球拍敲下去。

「呼～」

雪之下發出類似嘆氣的笑聲。

「你是孤獨的專家，根本不瞭解團體的心理。」

「輪不到妳這麼說。」

她絲毫不理會我的反駁，逕自說下去。

「他們有了你這個共同的敵人，是有可能團結起來。但那只是為了剷除敵人，並非提升自我，所以問題依然無法解決。這是我的個人經驗。」

「原來如此……咦，妳的個人經驗？」

「沒錯。我是以轉學生的身分，從國外回來這裡念國中。當時班上的女生——不，是全校女生都恨不得把我除掉。可是，竟然沒有一個人為了贏過我而努力提升自己……真是群低能……」

她的背後彷彿燃起一團黑色火焰。

糟糕，我該不會踩到她的地雷吧？

「什麼嘛～像妳這樣可愛的女孩轉進去，碰上那種事也是沒辦法的。」

「……是、是啊，你說的沒錯。論外貌，我可是遠遠勝過她們；我的精神力也沒弱到那樣就對她們低聲下氣。以某種層面來說，會有這種結果是理所當然的。不過，山下同學和島村同學其實滿可愛的，在男生間也有一定的支持度。但那畢竟只是外貌，若要比成績、運動、藝術，甚至是禮儀和精神層面，終究是遠不及我。既然怎樣都贏不了我，她們會想盡辦法扯我的後腿也是可以理解的行為。」

雪之下一時無言以對，但又馬上恢復正常，用一堆華麗詞藻讚美自己。別說是口若懸河，連尼加拉瓜大瀑布都要相形失色。真佩服她能一口氣說完，舌頭還不會打結。

難道這是她掩飾害羞的方式？其實她還是有可愛之處嘛。

她大概是一次講太多話，現正氣喘吁吁、上氣不接下氣，臉也有些發紅。

「……不要跟我說些奇怪的話，我會害怕。」

「啊，我放心了，妳果然一點都不可愛。」

真要說的話，戶塚比我認識的女生都還要可愛。這是怎樣？

對了，還有戶塚的事。

「為了戶塚，有沒有什麼讓網球社變強的方法？」

雪之下聞言，對我瞪大眼睛問道：

「真稀奇……你也會擔心別人嗎？」

「沒有啦，因為第一次有人找我商量事情，所以……」

受人依賴畢竟是件開心的事，再加上戶塚那麼可愛，所以……想到這裡，我的嘴角忍不住上揚。

雪之下聞言，像是要跟我對比似地說：

「經常有人找我商量戀愛方面的煩惱。」

她得意地挺起胸膛，但表情又漸漸黯淡。

「……可是，跟女孩子談論感情問題，通常是為了牽制對方。」

「啊？什麼意思？」

「只要先說出自己喜歡的對象，周圍的人便會有所顧慮吧？這就如同主張所有權。如果知道對方喜歡誰還去追那個人，自然會變成女性公敵，連對方主動來告白也一樣。為什麼我要被她們講成那樣……」

雪之下的背後又燃起黑色火焰。聽到女生之間談論感情，我原本期待會是酸酸甜甜的感覺，想不到只有充滿苦澀的故事。

為什麼她老是破壞少年天真的夢想？這是她的興趣嗎？

雪之下像是要擺脫過去討厭的回憶，自嘲地笑著說：

「我要說的是，並非每個人來這裡諮詢，都能靠傾聽和幫忙便解決問題。古人不也說過嗎？『獅子會將自己的兒子推入深谷殺死牠。』」

「不能殺掉吧。」

正確說法是「獅子狩獵自己的兒子時也會盡全力」。

「那妳會怎麼做？」

「我？」

雪之下眨眨眼睛開始思考。

「讓他們跑步跑到死、揮拍揮到死、練習到死吧。」

竟然笑著說出這種話，太恐怖了。

我真的嚇得倒退幾步。這時，社辦的門「喀啦」一聲打開。

「嗨囉～～」

樂天又愚蠢的招呼聲傳來，和雪之下形成對比。

由比濱依舊面帶傻乎乎的微笑，看來一點煩惱都沒有。

但她背後的人卻是愁眉苦臉，看來渾身無力。

他缺乏自信地垂下視線，指尖無力地握住由比濱的外套下襬。那一身雪白肌膚何等虛幻，彷彿受到陽光照射便會像泡影一般消失無蹤。

「啊……比企谷同學！」

剎那間，他的肌膚恢復紅潤，臉上也綻放笑容。直到看見笑容，我才知道對方是誰。可是，為什麼他剛剛那麼陰沉？

「是戶塚啊……」

他輕快地跑過來，一把抓住我的袖口。喂喂喂，這招犯規啊……可惜他是男生。

「比企谷同學，你在這裡做什麼？」

「我們正在進行社團活動……倒是你呢？」

「我帶委託人來囉，嘿嘿。」

由比濱挺起大而無當的胸部，得意洋洋地說。但我沒問妳，我想看戶塚用可愛的嘴唇說出答案。

「嗯～～怎麼說呢？我也是侍奉社的一分子，所以想幫點忙嘛。然後看到小彩在煩惱，就把他帶來這裡。」

「由比濱同學。」

「小雪乃，妳不用和我道謝。身為社員，這麼做是應該的。」

「由比濱同學，妳並不算是社員……」

「我不是嗎？」

她不是喔？我也嚇一跳。我還以為她已經自動成為社員。

「是啊，我沒收到妳的入社申請書，而且未經顧問許可，不能算是社員。」

雪之下對這些規矩莫名堅持。

「我寫我寫！不管要幾張我都寫給妳！拜託讓我加入嘛！」

由比濱幾乎快哭出來，拿出活頁紙以圓圓的字體寫下「ㄖㄨˋ ㄕㄜˋ ㄕㄣ ㄑㄧㄥˇ ㄕㄨ」，拜託妳至少寫漢字吧……

「那麼，你是戶塚彩加同學吧？請問有什麼事？」

由比濱在紙上振筆疾書，雪之下則看向戶塚。戶塚被她冰冷的視線貫穿，身體瞬間抖動一下。

「請、請問……妳可以讓我的、網球……打得、更好嗎？」

他起初還看著雪之下，講到最後卻轉向我。由於身高的關係，他抬起頭打量我的反應。

被你這樣看著，我很困擾啊……我會心跳不已的，別看我啦。

接著，雪之下代替我開口，雖然她應該不是要幫助我。

「我不知道由比濱同學是怎麼跟你說明，不過侍奉社可不是萬事通，我們只能協助你獨立，能不能變強還是要看你自己。」

「這樣啊……」

戶塚失落地垂下肩膀，八成是由比濱對他胡亂吹噓才令他過度期待。由比濱本人則自言自語地說著「印章、印章」，同時在書包裡東翻西找。我瞪她一眼，她像是有所察覺似地抬起頭。

「咦？怎麼啦？」

「還問『怎麼啦』。因為妳不負責任的發言，害一位少年的微小希望破滅。」

雪之下無情地對由比濱如此說道，由比濱卻歪著頭回答：

「嗯？可是，小雪乃和自閉男應該有辦法吧？」

由比濱說得輕鬆，但是隨著聽者不同，也可能會被認為是在藐視對方：「難道你們辦不到嗎？」

很不幸的，在場就有一位會如此解讀。

「……哼，妳的口才越來越好嘛。姑且不論那個男的，妳竟敢對我發出挑戰。」

雪之下咧嘴一笑。啊，她身上奇怪的開關又打開了……不論面對什麼樣的挑戰，她都會正面接受，然後全力擊敗對手；就算對方沒有挑釁，她也不會留情。連我這種像甘地一樣毫不抵抗的人，都會遭到她狠狠打壓。

「好，戶塚同學，我接受你的委託。只要讓你的網球技術變好就行了吧？」

「是、是的，沒錯。我、我想只要我變強，大家就會一起加油。」

戶塚震懾於雪之下充滿魄力的眼神，躲在我背後回答。他微微探出頭，越過我的肩膀看著雪之下，臉上滿是畏怯和不安。那樣子好像發抖的野兔，害我想幫他換上兔女郎服裝。

不過，那位冰之女王肯答應幫忙，也真是恐怖。就算她說「我可以幫你，但代價是你的性命」都不足為奇。難道妳是魔女嗎？

為了消除戶塚的不安，我向前踏出一步，把他擋在身後。

一靠近戶塚，就聞到混雜洗髮精和止汗劑的香味。那是種難以言喻的高中女生香氣。他都用哪牌的洗髮精？

「妳要幫忙是很好，但要怎麼做？」

「我剛剛不是說過嗎？不記得了？如果對記憶力沒自信，我建議你隨時記筆記。」

「喂，妳說那些是當真的喔……」

我想起雪之下剛才說要讓人練習到死的那番話，她則露出微笑，彷彿在說「你真聰明」。那樣笑起來真可怕……

戶塚的肌膚再度失去血色，身體不停顫抖。

「我會不會死掉……」

「放心，我會保護你。」

我拍拍戶塚的肩膀，於是他的臉頰泛紅，含情脈脈地注視我。

「比企谷同學……你是說真的嗎？」

「不，抱歉，我只是想說說看這句話。」

在每個男生最想說一次的台詞中，這句話排名第三。附帶一提，第一名是「你們先走，這裡交給我」。

我又不可能贏過雪之下，所以根本保護不了誰。可是，我如果不開開玩笑，無法消除戶塚的不安啊。

戶塚嘆一口氣，嘟起嘴說道：

「比企谷同學講話常常很沒條理，不過……」

「嗯，戶塚同學放學後要參加社團練習吧？那我們就在午休時間特訓，大家在網球場集合。」

「了解～～」

由比濱總算寫好入社申請書交出去，同時大聲回答。戶塚也頷首回應。

這樣看來……

「所以……我也要去嗎？」

「當然。反正你午休時間沒事吧？」

……您說的沒錯。

×　×　×

雪之下的魔鬼特訓預定從隔天中午開始。

什麼？我也要跟著去？

就結果來看，侍奉社這個團體，不就是把弱者聚集起來，然後在溫室內混吃等死罷了。招攬不成材的傢伙，給他們一個舒適的棲身之所——不只是如此嗎？

那麼，這裡和我厭惡的青春有什麼兩樣？

或許平塚老師真的想把這裡當成療養院，解決我們的病症。

但如果這樣便能解決，我們一開始還會生病嗎？

雪之下也一樣。我不知道她得了什麼病，但肯定無法在這裡治好。

要讓我的傷痊癒，唯一的辦法是戶塚變成女孩子。如果我和戶塚靠網球發展成什麼愛情喜劇，事態或許會有所不同。

在我的認知中，最可愛的人是戶塚彩加。他個性坦率，對我又溫柔，若能和他一起好好培育愛苗，我這個人可能真的會成長不少。

但是啊……他是個男兒身！老天爺真是大笨蛋！

我品嘗著小小的絕望感，但仍舊換上運動外套前往網球場。我就賭上渺茫的希望，戶塚可能真的是女孩子！

高二的運動外套是帶有螢光的淡藍色，看上去非常顯眼。由於這顏色實在是慘不忍睹，學生幾乎都不買帳，除了體育課和社團時間，沒人會想穿這件外套。

大家都穿著制服，只有我顯得特別突兀。

結果，害我被麻煩的傢伙逮到。

「哈～～哈、哈、哈、哈，八幡！」

「別把我的名字和笑聲接在一起……」

雖然總武高中占地廣大，但會發出這種噁心笑聲的，除了材木座以外沒有第二個人。他雙手交叉於胸前，擋住我的去路。

「真巧啊，竟然會在這裡碰面，我正要把新作品的草稿拿去給你們。來，好好見識一下！」

「啊，抱歉，我現在有點忙。」

我從材木座身旁溜過，忽略他遞出的紙張，但他輕輕抓住我的肩膀。

「……別撒那種悲哀的謊。你怎麼可能會忙？」

「我沒有說謊！而且這句話輪不到你來說。」

為什麼每個人都說一樣的話？我看起來那麼閒嗎？嗯……的確很閒沒錯。

「哼，我知道。八幡，你為了面子而撒一個小謊，又為了防止謊言被戳破，繼續撒更多謊，最後會不斷反覆，悲哀地掉進欺瞞的無限螺旋（Infinite Spiral）中。可是，那螺旋的盡頭是虛無。具體說來，人際關係就是一種虛無，回頭是岸啊！放心，我曾經受到你幫助，這次換我來幫你！」

材木座那句話，是「每個男生最想說一次的台詞」第二名。他豎起大拇指，擺出一副帥氣的樣子，讓人看了就不爽。

「我真的有事……」

我氣到感覺得出臉上肌肉開始僵硬，但還是得把情況跟材木座說明清楚。

這時——

「比企谷同學！」

隨著充滿精神的女高音，戶塚跑來抱住我的手臂。

「真是剛好，我們一起走吧？」

「好、好啊……」

戶塚左肩背著網球袋，右手不知為何握住我的左手。為什麼？

「八、八幡……這、這一位是……」

材木座一臉錯愕地來回觀察我和戶塚。他的表情漸漸改變，感覺非常眼熟。

啊，我想起來了，是歌舞伎吧？他瞪大眼睛，像是要喊出「咿喔～～咚咚咚」似地下達結論。

「你、你這傢伙，竟然背叛我！」

「說什麼背叛……」

「閉嘴！半吊子型男！失敗美少年！我看你孤單才可憐你，竟然得意忘形……」

「『半吊子』和『失敗』是多餘的。」

孤單是真的，這點我無法否定。

材木座面目猙獰，瞪著我念念有詞。

「絕對不饒你……」

「材木座，你冷靜一點。戶塚不是女生，是男的……吧。」

「胡、胡胡、胡說八道！這麼可愛的人怎麼會是男生！」

他聽我自己都說得不太有把握，更是抓狂怒吼。

「戶塚很可愛沒錯，但他真的是男生。」

「別這樣……說我很可愛……會讓我有點困擾。」

站在我身旁的戶塚羞紅臉頰別過頭。

「他是……比企谷同學的……朋友嗎？」

「唔，該怎麼說呢……」

「哼！你這種傢伙才不配當我的勁敵（讀做朋友）。」

材木座開始鬧彆扭。嗚啊～～真是麻煩的傢伙……

不過，我並非無法理解他的心情。得知原本認為與自己有所共鳴的傢伙，其實擁有完全不同的感性時，確實會有種遭到背叛的寂寞。

這種時候，該說什麼才能修復彼此的關係呢？可惜我很少跟別人往來，所以不知道答案。不過，我也有點難過。說不定我和這傢伙在某方面臭味相投，我以為總有一天我們能用笑容理解彼此。但這終究不可能實現。

必須看別人臉色、討對方高興、保持聯絡、配合話題、費盡功夫才能維繫的友誼，根本不能算是友誼。如果這些煩人的過程叫做青春，我寧可不要。

那樣和在不知長進的團體中開心過日子，因此獲得滿足根本沒什麼不同。那是欺瞞，是必須唾棄的罪惡。

……話說回來，材木座的嫉妒心還真難搞。

我為了證明自己的正確和正義，決定走上孤獨之路。

「戶塚，我們走。」

我拉起戶塚的手臂，可是他回答「啊，好……」之後，卻沒有行動。

「你叫材木座對吧？」

材木座被戶塚一問，頓時有些吃驚，不過仍頷首回應。

「既然是比企谷同學的朋友，那應該也能和我當朋友吧？如果你願意，我會很高興的。因為跟我同性別的朋友，真的不多。」

戶塚露出靦腆的微笑說道。

「呼……呵〜〜呵、呵、呵、呵！我和八幡確實是好朋友，不，是兄弟。不不不，我是主人，他是僕役……嗯，沒辦法，既然你這麼說，我就當你的……那、那個……『朋友』。還是你願意的話，要我當男朋友也可以。」

「嗯，那個……可能沒有辦法。我們就當朋友吧。」

「這樣啊……喂，八幡，他該不會是喜歡我吧？這是不是所謂的桃花期？我的桃花期要來了嗎？」

材木座突然挨到我身邊悄聲詢問。

……材木座果然不是我的朋友。

一跟美少女當上朋友，態度馬上大轉變的傢伙，不可能是我的朋友。

「……戶塚，走吧，遲到的話雪之下會發飆喔。」

「唔，那可不成，我們快走。那位小姐……真的很恐怖。」

語畢，材木座便跟在我和戶塚之後，看來他也成為我們的同伴。從旁人角度看來，我們排成一列行走的模樣，應該滿像勇者鬥惡龍的隊伍……不對，與其說是勇者鬥惡龍，更像是桃太郎電鐵的大窮神吧。

× × ×

雪之下和由比濱已出現在網球場。

雪之下依然穿著制服，只有由比濱換上運動外套。

她們大概是在這裡吃飯。看到我們抵達，便迅速收起小型便當盒。

「那麼，我們開始吧。」

「請、請多指教。」

戶塚對雪之下低頭行禮。

「首先是提升戶塚同學最缺乏的肌力。肱二頭肌、三角肌、胸肌、腹肌、外斜肌、背肌、大腿肌，為了整體鍛鍊到這些肌肉，伏地挺身是……總之，你先試著做到快死掉的程度看看。」

「哇，小雪乃好聰明……等等，快死掉的程度？」

「沒錯。肌肉受傷後會自我復原，每次復原時，肌肉都會建構出比之前更強韌的纖維，這叫做超恢復。換句話說，操練到快死的程度，能讓你的肌力一口氣提升。」

「拜託，又不是賽亞人……」

「雖然不會立刻長出肌肉，但為了提升基礎代謝率，這種練習是有幫助的。」

「基礎代謝率？」

由比濱歪著頭，頭上浮現一個問號。雪之下顯得有些錯愕，像在問「妳連這個都不知道嗎」，但與其責備由比濱，直接解釋一遍還比較省時間，於是她簡短補充：

「簡單來說，就是讓身體變得適合運動。若是基礎代謝率提升，就容易消耗熱量。說得專業一點，那樣是提升能源轉換的效率。」

由比濱聽完之後大力點頭，眼睛突然閃閃發光。

「容易消耗熱量……那就是會瘦囉？」

「……對。呼吸和消化所需的熱量也會因此增加，所以光是活著就會變瘦。」

聽到雪之下這麼說，由比濱的眼睛更是發出光芒，變得比戶塚還有幹勁，戶塚也受到刺激而緊握拳頭。

「總、總之我試看看。」

「我、我也陪你練習！」

戶塚和由比濱趴到地上，慢慢做起伏地挺身。

「嗯……呼、呼……哈！」

「唔唔……嗯啊！哈～～哈～～嗯～～」

兩人吐出憋住的氣息，額頭滲出汗水，臉頰漲成紅色，表情痛苦扭曲。戶塚纖細的手臂似乎難以負荷訓練，不時用眼神向我求救。被他緩緩地從下往上看，我突然有種……奇妙的感覺。

至於由比濱彎曲手臂時，眩目的肌膚便會稍微從領口露出來。不行，我不能那樣直視她。

從剛剛開始，我的心跳就逐漸加快，看來我可能患有心律不整。

「八幡……好奇怪喔，我現在覺得心情相當平靜……」

「真巧，我也和你一樣。」

我們不時帶著傻笑偷瞄他們，這時背後傳來某人的說話聲，潑我們一桶冷水。

「……你們也活動一下，排解慾望如何？」

轉頭一看，雪之下正用打從內心輕視的眼神看著我。她剛剛說「慾望」兩字，難道……被發現了嗎？

「沒、沒錯，戰士的守則就是要常保訓練。好，我也來活動筋骨！」

「是、是啊，缺乏運動很可怕呢，可能會得糖尿病和痛風之類的。對了，還有肝硬化！」

我們二話不說，迅速做起伏地挺身。雪之下還刻意繞到我前面。

「看你的姿勢，這是跪地求饒的新方法嗎？」

她說完還笑一下。

妳說什麼？這個混帳。被妳這樣刺激，連心平氣和的我都會氣得覺醒喔！覺醒什麼？如果真的覺醒，大概是「伏地挺身好萌」之類的怪癖吧。

……我們到底在幹什麼？

大家應該都聽過「聚沙成塔」這句話，或是「三個臭皮匠，勝過一個諸葛亮」。這是說，大家聚集起來，能變得更強而有力。

但我們不過是一群沒用的傢伙聚在一起做沒用的事而已。

結果，整個午休我都在做伏地挺身，半夜還因為肌肉痠痛而滿地打滾。

戸塚彩加
saika totsuka

生日
5月9日

專長
網球、拼圖。

興趣
手工藝。

假日活動
悠哉地泡澡、散步。

材木座義輝
yoshiteru zaimokuza

生日
11月23日

專長
劍術、寫作、聚精會神。

興趣
閱讀（漫畫、輕小說）、
電玩遊戲（角色扮演、
模擬類、美少女遊戲）、
看動畫、上網。

假日活動
寫作、逛秋葉原。

畢業發展調查表

總武高級中學　2年F班

姓名

戶塚　彩加

(男)・女

座號　２０

請寫下你的信念。

貫徹初衷。

你在畢業紀念冊寫下什麼夢想？

護理師。

為了將來，你現在做了哪些努力？

努力讓行為舉止像個男生。

師長建議：

請原諒老師一看到護理師這個夢想，便想像你穿護士服的樣子。另外，你說想讓行為舉止像個男生，但我認為你不用勉強自己，維持自然就好。你應該保持自己的樣子。請你永遠都這麼可愛。

「戶塚該不會是喜歡我吧？
這是不是所謂的桃花期？
我的桃花期要來了嗎？」
「戶塚，
你柔弱一點沒關係，
我會保護你……」

7 有時愛情喜劇之神也會做好事

隨著大小風波不斷的日子一天天過去，我們的網球訓練進入第二階段。

前面說得好聽，其實不過是結束基礎訓練，終於要拿起球拍和球來練習。

不過，要練習的只有戶塚一個人。他在魔鬼教官——更正，是雪之下的指導下，拚命和牆壁對打。

沒辦法，我們又跟不上網球社社員的練習，所以就隨各自高興打發時間。

雪之下在樹蔭下看書，時而突然想起似地看看戶塚，為他打氣。

由比濱起初還和戶塚一起練習，但沒多久就膩了。現在她大多在雪之下身旁睡覺，像一隻牽出門散步後，累得趴在公園飲水區的狗。

材木座則忙著鑽研他的必殺魔球。啊，不要再丟橡果啦！還有不要用球拍挖球場的沙土！

沒用的傢伙聚集起來，還是一樣沒用。

嗯？你說我呢？

我在球場角落看著螞蟻發呆，超有趣的。

真的很有趣喔！我不明白這些忙個不停的小東西在想什麼，牠們的生活似乎很狹隘。該怎麼說呢？從東京商業區的高樓大廈俯瞰地面，可能就是這種感覺吧。

穿著黑色西裝的上班族來來去去，形象和眼前的工蟻一致。

總有一天，我也會像那些工蟻一樣，成為從高樓俯瞰下來的一個小黑點。到時候，我會懷著什麼樣的想法生活呢？

我並不討厭上班族，甚至希望自己成為上班族，因為很有保障。在「未來想從事的職業」排行榜中，上班族名列第二，僅次於家庭主夫，第三名是消防車。為什麼想當車子啊？

當然，我也很清楚身為上班族不全然是好事。每次看到我爸下班回家時，臉上滿是對人生的疲累，我不由得感到佩服。即使遇到討厭的事還是會乖乖上班，光是這點我就覺得很了不起。

所以，我不禁將螞蟻和父親的身影重疊，在內心鼓勵牠們。

爸爸加油！爸爸別認輸！別禿頭了！

我想像自己的未來，同時擔心起自己的頭髮。

不知是不是我的祈禱產生效果，某隻螞蟻開始朝自己的巢穴前進，想必那裡有牠溫暖的家庭。

太好了。

由於太過感動，我不由得吸起鼻水、拭去眼淚。

這一瞬間——

咻！

「爸爸！」

螞蟻不留半點痕跡，隨著球往遠方消失。

我怒火中燒地瞪視球飛來的方向。

「嗯，吹起沙塵擾亂對手，再趁機擲球……看來我的魔球成功了。這招就是豐饒的魔幻大地『岩沙閃波（Blassty Sandrock）』！」

材木座，你竟然……竟然把我爸爸（其實是螞蟻）……算了，反正只是隻螞蟻。

我輕輕雙手合十，為螞蟻默念南無阿彌陀佛。

材木座則品嘗著成功的喜悅，揮舞著球拍靠上肩膀，擺出帥氣的姿勢，宛如得到經驗值一般。

算了，材木座和螞蟻怎樣都好。

……去看看可愛的戶塚打發時間吧。

出現在視線前方的，是不知何時醒來的由比濱。她正遵照雪之下的指示，費力推著網球車。

接著，她不斷把球丟到場上，讓戶塚拚命一個個打回來。

「由比濱同學，往那邊或另一邊，挑難打的地方丟，不然練習沒有效果。」

雪之下的聲音很冷靜，戶塚則是氣喘吁吁，忙著回擊飛向底線或網前的球。

雪之下是來真的，她的個性真的很惡毒。

……不，我是說她真的在鍛鍊戶塚。很可怕耶，不要看過來啦……為什麼妳知道我在想什麼……

由比濱用不標準的姿勢隨意餵球，又因為毫無準度，球總是往意想不到的地方飛去。戶塚為了接球東奔西跑，還在接第二十球左右時跌倒。

「哇！小彩，你沒事吧？」

由比濱停止丟球，跑向球網旁邊。戶塚輕撫擦傷的腿，用早已溼潤的眼眶露出微笑，示意自己沒事。他真是堅強。

「我沒事，繼續吧。」

雪之下聞言卻皺起眉頭。

「你確定還要繼續？」

「嗯……大家都在陪我，我想再努力一下。」

「……是嗎？那麼，由比濱同學，接下來就交給妳。」

雪之下說完便轉過身，快步往校舍方向走去。戶塚露出不安的表情目送她離開，自言自語道：

「我、我是不是說錯什麼，惹她生氣？」

「不，那個人平常便是那樣子。她到現在都還沒罵過你『愚蠢』或『低能』，說不定心情很好呢。」

「只有你會被那樣罵吧？」

錯了，由比濱，妳也常常被她那樣講，只是沒有察覺到而已。

「還是我……讓她失望了。我練習這麼久都沒進步，伏地挺身也只能做五下……」

戶塚垂下肩膀，洩氣地看向地面。

嗯……以雪之下的個性而言，這不是不可能的事。不過——

「我想不是的。小雪乃不會丟下向她求助的人不管。」

由比濱一邊把玩網球，一邊說道。

「嗯，有道理。她都能陪由比濱練習料理，更不可能放棄還有救的戶塚。」

「這話是什麼意思！」

由比濱把手中的網球砸到我頭上，發出「咚」的一聲。喂，投得很準嘛，下次新秀選拔搞不好會選上喔。

我撿起在地上滾動的網球，輕輕丟給由比濱。

「她遲早會回來，你先繼續練習沒關係。」

「……嗯！」

戶塚充滿精神地回答，再度展開練習。

他從來不會示弱，也不會發出怨言。

他已經很努力。

「我累了～～自閉男換你餵球。」

反而是由比濱先喊累……

也好，反正我閒閒沒事做，頂多是蹲在地上觀察螞蟻。

而且那隻螞蟻已經死於材木座之手，我現在完全無事可做，根本閒得發慌。

「好，換我吧。」

「太好啦。啊，大概丟五球以後就會膩了，要注意喔。」

五球？未免太快吧！妳的耐性到底有多差？

我從由比濱手上接過網球，這時她原本笑咪咪的表情突然蒙上一層陰影。

「啊，有人在打網球！網球！」

聽到後方傳來嬉鬧聲，我回頭一看，是以葉山和三浦為中心的一大勢力。他們經過材木座身旁往這裡走來的同時，也注意到我和由比濱。

「啊……是結衣他們……」

三浦身旁的女孩小聲說道。

三浦又瞄我和由比濱一眼便予以無視，逕自走去和戶塚說話。至於材木座，她似乎打從一開始就沒放在眼裡。

「戶塚～我們也可以在這裡玩嗎？」

「三浦同學，我不是在玩……是在練習……」

「咦？什麼？我聽不清楚。」

三浦似乎沒聽到戶塚的小聲反駁，一句話便讓他閉上嘴巴。不過，換成是我被那樣問，也一樣不敢多吭一聲吧，因為真的很可怕。

戶塚鼓起最後一點勇氣，再次開口：

「我、我是在練習……」

但女王絲毫不以為意。

「喔～可是也是有網球社以外的人在場啊，這代表不是只有男網社能使用球場吧？」

「話、話是這麼說沒錯……」

「那我們應該也可以使用球場吧？對不對？」

「可是……」

說到這裡，戶塚不知所措地看向我。咦？我嗎？

嗯，的確也只剩下我。雪之下不知跑去哪裡，由比濱尷尬地別過頭，材木座又幫不上忙……只好由我出馬。

「啊～不好意思，球場是戶塚特地去借來使用的，所以其他人不能用。」

「啥？那又怎樣？你們這些非社團的人不是也在用嗎？」

「喔，不是。我們是在協助戶塚練習，算是業務委託或外包人力吧。」

「什麼？你在胡說八道什麼？真噁心。」

天啊，這女人根本不想聽我說話。所以我才討厭無腦的蕩婦！無法用言語溝通，妳還算靈長類嗎？我去跟狗說話都還比較簡單。

「好啦好啦，先別激動。」

葉山跳出來打圓場。

「大家一起打球會比較有趣，這樣不是更好嗎？」

我聽到這句話，心中立刻燃起一把火。

三浦是讓手槍上膛，葉山則扣下扳機。

那麼，接下來就是射擊。

「你說的『大家』是誰？是跟老媽吵說『大家都有只有我沒有』的『大家』嗎？那些人是誰？我從來沒有朋友，所以沒用過那種理由……」

「射擊」和「憂鬱」！奇蹟般的組合（註33）！

就算是葉山，聽到這種話也會慌亂。

「啊，不是的，我不是那種意思……我先向你道歉，不好意思。那個……不嫌棄的話，你有煩惱可以來找我商量。」

葉山拚命安慰我。

他真是個好人，我差點要含著眼淚跟他說謝謝。

可是——

註33　「射擊」與「憂鬱」之發音相同。

如果那種廉價的同情救得了我，我還會是這樣的性格嗎？要是區區一句話便能解決煩惱，大家就不會為煩惱所苦。

「……葉山，你的溫柔讓我很開心，我知道你是個好人，又是足球社的王牌，再加上你那麼英俊，想必很受女生歡迎。」

「怎、怎麼突然說這個……」

聽到突如其來的讚美，葉山明顯出現動搖。哼，你儘管高興吧。你是不會知道的。

為什麼要誇獎別人？那是先把對方捧上天，再來個釜底抽薪，讓他重重摔下來！

這就是我的戰術。

「你幾乎十全十美，為什麼還要跟一無所有的我搶球場？你身為一個人，難道不覺得可恥嗎？」

「沒錯！葉山，你的行為背離倫理，非常差勁！這是侵略！我要復仇！」

材木座從我旁邊冒出，跟著敲鑼打鼓。

「你、你們兩個湊在一起，卑微跟煩躁感也大幅提升……」

一旁的由比濱不知該說什麼，葉山則搔了搔頭，輕輕嘆氣。

「唔……這樣啊……」

我的嘴角泛起邪惡的笑容。

沒錯，葉山不喜歡把場面弄僵，而現在在場的是我、材木座以及葉山。葉山將被迫少數服從多數，接受我們的要求。

「喂～～隼人～～」

這時，旁邊插進一個很沒勁的聲音。

「怎麼講了半天還沒講完？人家想打網球啦。」

可惡，這個白痴捲髮女又來了。妳連腦細胞都是捲的嗎？注意聽一下我們的對話好不好？就是妳這種人會把油門和煞車搞錯。

事實上，三浦真的搞錯油門和煞車。

她插進那句話，正好讓葉山有時間思考，讓他利用短暫的空檔想出一個好方法。

「嗯……啊，這樣好了，就讓非男網社的人互相比賽，贏的一方以後都可以在午休時間使用球場，當然也要陪戶塚練習。跟技術比較好的人一同練習，對戶塚會更有幫助，而且大家也高興。」

……這想法太完美了，你是天才嗎？

「比賽網球？什麼啊，聽起來超有趣的。」

三浦露出火之女王特有的猙獰微笑。

同時，她身旁的跟班高聲歡騰。

眾人聽到要比賽，全都興奮起來。在狂熱與騷亂之中，我們的訓練突然進入第三階段。

嘴上說得那麼好聽，其實是賭上這個球場使用權的比賽。

為什麼會變成這樣……

×　×　×

先前我還開玩笑說什麼狂熱與騷亂之類的，想不到全都成真。

此時此刻，位於校園角落的網球場被擠得水洩不通。

我稍微數一下，現場人數遠遠超過兩百人。其中當然少不了葉山集團，另外還有一堆不知從哪聽到消息，跑來看熱鬧的人。

他們多半是葉山的朋友和支持者，以二年級生占多數，不過也有部分是一年級和三年級的學生。

葉山這傢伙真離譜，搞不好比某些政客還有聲望。

「隼・人・加・油！隼・人・加・油！」

觀眾用歡呼支持葉山，還玩起波浪舞，宛如來到偶像的演唱會。不過，大部分的人應該不是真的支持葉山，而是覺得有趣才跟著起鬨……應該沒錯吧？但願如此。

不論如何，從旁觀者的角度看來，那簡直可稱為宗教。他們的熱情讓人不禁感到背脊發涼，真是可怕的青春教徒。

在那片混亂中，葉山雄糾糾、氣昂昂地走向球場中央。被這麼多觀眾包圍，他卻毫不畏懼，看來是已經習慣被這麼多視線關注。現在他的周圍除了平常的跟班，還聚集其他班級的男女同學。

我們完全遭到吞沒，從剛才開始視線就飄忽不定，即使閉上眼睛，仍被刺耳的喧囂吵得頭暈腦脹。

葉山已經拿起球拍站到場上，好奇地看著我們會派誰上場。

「喂，自閉男，現在要怎麼辦？」

「我哪知道該怎麼辦……」

由比濱不安地問我，我瞄向戶塚，他現在就像被帶到陌生人家的兔子。

他怯生生地走到我身旁，雙腿還往內縮，那姿勢真是可愛。

抱持這種想法的似乎不只有我，戶塚那模樣也激起女生們的保護欲，紛紛高聲吶喊「王子～～」、「小彩～～」。

但戶塚每次聽到聲援，肩膀就會顫抖，然後支持者們又更興奮地歡呼，害我也跟著興奮起來。

「戶塚不能上場啊……」

葉山說這是非男網社社員之間的比賽，換句話說，這是賭上戶塚和網球場使用權的對決。

「……材木座，你會打網球嗎？」

「包在我身上，漫畫我都看完了，還去現場看舞台劇，在庭球方面有一日之長。」

「算了，我竟然會笨到詢問你。還有，既然你要使用『庭球』稱呼網球，那稱呼舞台劇的方式也該改變吧。」（註34）

「那只好由你上場……喂，舞台劇的日文漢字是什麼？」

「的確……」

「你有勝算嗎？所以，我問你舞台劇的日文漢字到底是什麼！」

「我哪有勝算，還有你吵死了，不知道的話就換個角色設定啊！反正你的角色設定早已經崩毀。」

「原、原來如此……你真聰明。」

材木座發自內心地佩服我。他的問題已經解決，我的問題卻完全沒改善。

唉……到底該怎麼辦？

我苦思對策，對面又很不客氣地大聲催促。

「喂，快點行不行？」

吵死了，妳這蕩婦！

我一面在心裡咒罵，一面抬起頭，見到三浦正在確認球拍狀況。

對此感到意外的不只有我一個，還包括葉山。

「咦？妳也要打？」

「什麼？當然啊，我剛剛就說我想打網球啦。」

註34 「庭球」為日本稱呼網球之漢字。

「可是，他們八成會派出男生喔。就是那個……比企鵝同學嗎？反正就是他啦。這樣對妳有點不利。」

誰是比企鵝同學啊？比企鵝同學不會上場比賽，上場的是比企谷……大概吧。

葉山如此分析後，三浦輕拉她的長捲髮，稍微思考一下。

「啊，不然，改成比男女雙打吧。討厭～我怎麼這麼聰明～～不過，有人想跟比企鵝同學組隊嗎？想到這點就好笑。」

三浦發出毫無氣質可言的尖銳笑聲，觀眾也哄堂大笑，連我都不經意地笑出來。哈哈哈，哈、哈、哈、哈！這招很可惡卻又很有效，我的眼前突然一片黑。

「八幡，這下子不妙。你不僅沒有任何女性朋友，就算想拜託不認識的女生，也不會有人肯幫忙孤獨又不起眼的你。怎麼辦？」

材木座，你吵死了！但他說的是事實，我無法反駁。

現場氣氛已不允許我開口道歉，所以無法使用「抱歉啦～剛剛的話當・我・沒・說☆」這招。我不知該如何是好，往旁邊瞄材木座一眼，他也尷尬地別開視線，吹起不會吹的口哨裝傻。

我不禁嘆氣，由比濱和戶塚也一同嘆氣。

「………………」

「比企谷同學，對不起，如果我是女孩子就好了……」

的確，為什麼戶塚不是女孩子呢？他明明那麼可愛。

「……別在意。」

我沒將那句內心話說出口，只是輕拍戶塚的頭。

「還有……你也不用自責。既然我有了容身之處，當然要好好守護。」

由比濱聽到我這句話，肩膀猛然一震，愧疚地緊咬嘴脣。

由比濱在班上有她的立場。這傢伙和我不同，能把人際關係處理得很好。此外，她多少也想和三浦等人維持良好的交情吧。

我的確是孤零零一個人，但不會因此嫉妒其他感情要好的同學，或是詛咒他們不幸……我沒騙你喔！真的！

我們不是彼此感情要好的社團夥伴，也不是朋友，只是因為某些理由聚在一起，或說是被迫聚在一起。

但我想證明，孤獨並不代表可憐，也不會因為孤獨就低人一等。

我很清楚這是我自以為是的想法。我超級自以為是呢，還會瞬間移動跟噴火（註35）。

但我不想讓現在的自己否定過去的自己。我絕對不會說單獨一個人、孤零零一個人是種罪惡。

所以，我要為了證明自己的正義而戰。

我一個人走向球場中央。

註35 此處暗指遊戲「快打旋風2」的角色達爾西姆。

「…………………………………………………………………………………………場。」

這時，傳來一聲非常、非常微小，幾乎要被觀眾吵鬧聲掩蓋的氣音。

「啊？」

「我說我也上場！」

由比濱發出「唔～～」的低吟，羞得滿臉通紅。

「由比濱？妳別耍笨，不用上場啦。」

「我才不是笨蛋！」

「妳幹嘛要上場？妳是蠢蛋嗎？還是暗戀我？」

「什、什麼？你、你這笨蛋在胡說什麼？笨蛋～～～～～～～」

由比濱怒不可遏，連罵我好幾聲笨蛋。她氣到整張臉變成紅色，還一把搶走我的球拍，對我揮來揮去。

「對對對對對對不起！」

我一邊閃躲，一邊趕忙道歉。球拍從耳邊呼嘯而過的聲音好可怕。

由比濱看出我在道歉的同時，以眼神問她「妳為什麼要上場」，便扭扭捏捏地看向別處說：

「沒有啦，該怎麼說呢……人家也加入了侍奉社嘛……所以當然要幫忙啊……而且，這也是我的容身之處。」

「等一下，妳冷靜一點，先看一下場合吧？妳的容身之處不是只有這裡，妳那群死黨都瞪過來囉。」

「咦？真的假的？」

由比濱的表情頓時扭曲，轉頭看向葉山那裡，我彷彿能聽見她的脖子發出「嘰嘰」聲。看那動作僵硬的模樣，該上潤滑油了。

葉山集團中以三浦為首的女同學們，雙手交叉於胸前看著我們。由比濱喊得那麼大聲，她們當然聽得一清二楚。

三浦的眼睛被睫毛膏和眼影塗成全黑，大到不自然的程度，此刻正散發出強烈敵意，宛如電鑽的長捲髮不悅地晃來晃去。妳是蝴蝶夫人嗎（註36）？

「結衣，妳幫他們等於和我們作對，這樣好嗎？」

如同女王的三浦盤起雙臂，腳尖不斷敲著地面，正是女王生氣的招牌動作。由比濱敵不過她的氣勢，視線默默往下垂，手指也緊抓住裙襬，緊張地微微顫抖。

作壁上觀的觀眾不停交頭接耳、議論紛紛，這場景簡直跟公審沒什麼兩樣。

不過，由比濱還是抬起頭直視前方。

「我、我……沒有那個意思。但是對我來說，社團活動也很重要！所以我要參加比賽！」

「喔～～這樣啊……妳可別自取其辱。」

三浦淡然回答，臉上卻掛著宛如地獄火焰熊熊燃燒般的笑容。

註36　出自漫畫《網球甜心》之角色。

「去換衣服。我要跟女網社借球衣，妳要不要一起來？」

三浦用下巴指向場邊網球社的社辦。或許她是出於好意才如此提議，但那舉動怎麼看都像是「待會兒到社辦後面宰了妳」。臉色僵硬的由比濱跟著她離去，周圍觀眾皆投以哀憐的眼神。

唉，該怎麼說呢……請節哀順變。

「那個，比企鵝同學。」

葉山對雙手合十的我開口。會主動和我這種人說話，看來他的社交能力很強，可惜叫錯我的名字。

「幹嘛？」

「我不太懂網球規則，而且雙打又更複雜，所以我們隨便打打就好，好嗎？」

「……好啊，反正我們都是門外漢。就像排球那樣，單純以對打來計分吧。」

「啊，那樣好懂多了，好主意。」

葉山爽朗地笑道，我也配合他擠出一個賊兮兮的笑容。

沒過多久，兩位女生換好衣服回到場上。

由比濱紅著臉拚命整理裙襬，同時往這裡走來。她的上半身是類似POLO衫的衣服，下半身是一件網球短裙。

「總覺得……穿網球裝好丟臉……這裙子會不會太短？」

「拜託，妳平常穿的裙子就是這麼短啊。」

「啊？你說什麼？難、難道你每天都在觀察嗎？噁心噁心！你真的很噁心耶！」

由比濱狠狠瞪著我，把球拍揮過來。

「別緊張！我完全沒在看！根本沒放在眼裡！妳儘管放心！還有不要打我！」

「你這樣說……我也覺得不太高興……」

由比濱還是不太滿意地嘀咕，接著才緩緩放下球拍。

材木座看準時機，刻意乾咳幾聲才開口：

「嗯，那麼八幡，你有什麼策略？」

「我看，挑隊伍中的女孩子攻擊才是上策。」

那個女的腦袋不怎麼樣，應該可以把她秒殺才是，她絕對是個弱點。與其和葉山正面對打，挑她下手一定有利許多。

可是，由比濱聽到這個提議，卻發出大叫：

「什麼？難道你不知道？優美子國中時是女網社的喔！還曾被選上縣代表呢！」

經她一說，我再次觀察名為優美子的蝴蝶夫人。她揮起球拍確實有模有樣，身手也非常敏捷。材木座見狀，低聲說：

「呵，看來那個長捲髮挺有兩下子的。」

「那叫波浪捲啦。」

不，到底叫什麼並不重要。

× × ×

這場比賽迸發出激烈火花，形成互不相讓的攻防戰。

起初，觀眾不斷送上陽剛的嘶吼和少女的尖叫，但隨著緊張刺激的對決持續進行，他們開始專注於比賽，有人得分時就會嘆氣或給予喝采，像是在看電視轉播的職業競賽。

長時間對打讓全場氣氛持續緊繃，彷彿每揮出一球，精神就跟著被削弱一些。打破雙方平衡的，是長捲髮擊出的發球。

咻啪——我以為是她揮動球拍的聲音，結果卻是網球如子彈般射入球場，飛向後方。

剛剛那是怎麼回事？難道她的球也跟頭髮一樣會螺旋旋轉嗎？

總之，蝴蝶夫人是技術一流的好手。

「未免太強了……」

我忍不住自言自語。

「所以我說啦。」

為什麼妳會這麼得意？妳真的是我的夥伴嗎？

「喂，妳從剛剛開始完全沒碰到球耶……」

「嗯～因為我很少打網球嘛。哈哈哈～」

由比濱用傻笑敷衍我。

「……妳沒打過網球，還來這裡幹什麼？」

「哼！那、那可真是抱歉喔！」

傻瓜，我是相反的意思。她人未免太好。明明沒摸過網球，卻為了幫戶塚出頭，在眾目睽睽之下參賽，一般人可辦不到這種事。如果她的網球技術高超，那可是帥到極點，可惜人生並不會這麼美好。

我在體育課和牆壁對打，磨練出精準的接發球技巧，因此在比賽初期都還能應付。但後半戰開始後，比數漸漸被拉開。

因為對方開始集中攻擊由比濱。

他們八成沒料到我打得意外地好，於是改變目標。雖然也能說是他們根本不把我放在眼裡。

「由比濱，妳負責前方，我到後面應付。」

「嗯，拜託你。」

確定作戰計畫後，我們走向各自的負責區域。

葉山快又有力的發球襲來，正中角落最邊緣處，眼看就要再遠遠地彈飛出去。我拚命衝上去，把球拍伸到極限才好不容易搆到球，接著奮力一揮。

球被我回擊至對方球場，但蝴蝶夫人早有準備，又把球打向另一邊。我連球也不看，連滾帶爬地站起身，全力往球可能飛去的方向狂奔。

好在雙腿還肯聽從指揮，讓我搶先一步抵達落點。我對準彈起的網球，往球場邊界揮去。

但葉山似乎看穿我的企圖，不僅正面接下我的球，還刻意改變打法，朝我和由比濱中間送來一個過網急墜球。

失去平衡的我根本追不上，只好用視線拜託由比濱，她便跑向球的落點打回去。光是要打到球已很不容易，那顆球卻偏偏落到蝴蝶夫人眼前的高度。

蝴蝶夫人全力把球打過來，臉上露出殘酷的笑容。只見球掠過由比濱的臉頰，消失到遙遠的後方，發出「砰」一聲在空無一人之處彈起。

「沒事吧？」

我沒去撿網球，先關心嚇得跪倒在地的由比濱。

「……嚇死我了。」

蝴蝶夫人聽到由比濱用快哭出來的聲音低語，臉上閃過一陣擔心。

「優美子，妳還真是惡毒啊。」

「什麼！才沒有！這在比賽中是很平常的事！人家才沒有那麼惡劣！」

「因為妳是虐待狂嘛。」

葉山和蝴蝶夫人一搭一唱，然後笑了起來，周圍觀眾也跟著露出笑容。

「……自閉男，我們一定要贏。」

由比濱撿起球拍站起來。這時，她突然小聲喊痛。

「喂，有沒有怎樣？」

「抱歉，我好像扭到腳。」

由比濱露出不好意思的笑容，淚水同時奪眶而出。

「如果我們輸掉比賽，小彩會很困擾的……啊～～糟糕～～這樣下去不妙……又不是道歉便能了事……啊～～可惡！」

由比濱不甘心地緊咬嘴脣。

「沒關係啦，船到橋頭自然直，大不了叫材木座穿女裝上場。」

「馬上會被識破啦！」

「說的也是。不然，妳只要待在場上就好，剩下的我來想辦法。」

「……你要怎麼做？」

「自古以來，網球有一招禁忌招式，叫做『我把球拍變火箭』！」

「那是暴力行為吧！」

「……再不然，最糟的情況是我拿出真本事。只要拿出真本事，要我下跪還是舔鞋子都沒問題。」

「你完全搞錯方向……」

由比濱嘆一口氣，一副敗給我的樣子，接著又「呵呵呵」地笑著，用哭紅的雙眼直視我。真不知她是痛到流淚，還是笑到流淚。

「哎～～自閉男真的很呆耶，而且個性差又固執，簡直沒有救呢。連那時候也一樣，你竟然完全不放棄，像個笨蛋一樣猛衝過來，還發出噁心的叫聲……我記得一清二楚喔。」

「妳在說什──」

她打斷我的話，放棄似地說道：

「我沒有辦法繼續跟你打網球……」

她留下如同告別的話，轉身走向滿臉不解的觀眾，對他們吆喝「走開走開！別擋路別擋路」，然後從人群中離去。

「……她在說什麼啊？」

我一個人留在網球場中央，目送遠去的由比濱。這時，令人渾身不舒服的笑聲傳入耳中。

「怎麼啦？你和朋友吵架嗎？被丟下了？」

「說什麼鬼話？我這輩子還沒跟朋友吵過架，反正我根本沒有交情深到能吵架的朋友！」

「什麼……」

葉山和蝴蝶夫人真的愣住了。

咦？你們這時候應該要笑吧？

原來如此，如果沒有一定的交情，講這種自虐的笑話只會嚇到對方啊……

不過，材木座卻拚命忍著不笑出來。我咂舌一聲轉過頭，他立刻裝成路人，一面碎念著聽不懂的自言自語，一面混進觀眾群中。

……那混帳竟然逃跑……也罷，如果是我碰上這種狀況，一定也會裝成路人逃走。戶塚同樣沉痛地朝我投以悲傷的視線。

看來是沒辦法了，我只好拿出真本事，向對方下跪。

諂媚時捨棄尊嚴全力諂媚，這就是我的尊嚴。

場上只有我感到尷尬和無所適從，但突然間，觀眾群又發出喧鬧聲，人牆也很自動地分開。

「這愚蠢的騷動是怎麼回事？」

表情十分不悅、穿著運動服和網球裙的雪之下雪乃登場，她一手還抱著醫藥箱。

「啊，妳剛剛跑去哪裡？還穿那件衣服做什麼？」

「天曉得。由比濱同學一直拜託我換衣服，我也搞不清楚狀況。」

雪之下轉過頭，由比濱便從一旁出現。她穿著雪之下的制服，看來兩人是彼此交換衣服。不過，她們是在哪裡換裝？難不成在戶外？嗯……

「如果就這樣輸掉，我會很不痛快，所以請小雪乃上場。」

「為什麼找我……」

「因為能拜託這件事的朋友，只有小雪乃啊。」

雪之下聽到這句話，身體突然一震。

「朋、朋友？」

「嗯，朋友。」

由比濱毫不遲疑地回答。等等，妳確定嗎？

「平常妳會拜託朋友解決麻煩嗎？我只覺得是被妳利用而已。」

「咦？如果不是朋友，才不會拜託這種事，總不能把重要的事情交給隨便任何一個人吧。」

由比濱的眼睛連眨也不眨，說得理所當然的樣子。

喔喔，是這樣啊……

我經常被「我們是朋友吧」這句話騙去當值日生，所以沒有什麼感受。哎呀，原來我和他們真的是朋友——不，怎麼可能。

雪之下應該也有相同想法。她輕輕把手放到嘴脣上，默默思考著。

她會懷疑也是正常的，畢竟連我都不會輕易相信。

但如果說出這句話的人是由比濱結衣，那就得另當別論，因為她是笨蛋。

「她說的應該是真的，因為她是笨蛋。」

我這句話化解雪之下的疑慮。她和平常一樣，不甘示弱地露出笑容，撥開垂在肩膀上的頭髮。

「請你別太小看我，我對自己的眼光是很有把握的。能跟比企谷同學或我好好相處的人，不會是什麼壞人。」

「妳的理由未免太悲哀。」

「不過是真理啊。」

沒錯，妳說的完全正確。

「要打網球也無妨……不過，能先等我一下嗎？」

雪之下說完走向戶塚。

「你應該能自己處理傷口吧？」

戶塚驚訝地接下雪之下遞出的醫藥箱。

「咦？啊，嗯……」

「小雪乃，妳還特地去拿醫藥箱……妳果然很溫柔。」

「是嗎？好像有某位男同學偷偷說我是『冰之女王』呢。」

「妳、妳怎麼知道……啊！難不成妳看過我寫的『絕不原諒名單』？」

糟糕，那份名單是我翻出所有想得到的字眼攻擊雪之下的日記啊。

「受不了，你真的那樣說嗎？算了，我才不在乎別人怎麼想。」

雪之下轉頭看向我，但她的表情失去平時的冰冷，反而帶有些許不解。她一開始還說得很大聲，接著卻越來越小聲，最後甚至移開視線。

「……所以……就算被當成朋友……我也……不在意。」

雪之下的臉頰泛出一抹嫣紅。她抱著從由比濱手上接下的球拍，遮住半邊臉，害羞地看向地面。

見到雪之下那麼可愛的動作，由比濱忍不住抱上去。

「小雪乃！」

「喂，妳能不能不要黏在我身上？這樣很熱耶……」

……咦？她現在應該要對我害羞才對吧？為什麼她都只對由比濱害羞？不對吧，這樣會變成男配男、女配女的愛情喜劇耶。

難道愛情喜劇之神都是笨蛋嗎？

雪之下好不容易掙脫由比濱的懷抱，清了清喉嚨之後繼續說道：

「和那個男的組隊實在非我所願……但我似乎別無選擇。我接受妳的委託，只要打贏這場球賽即可吧？」

「嗯！唉，光靠我是沒辦法讓自閉男獲勝的。」

「抱歉，給妳添麻煩了。」

我向雪之下低頭，她依舊冷漠地看向我。

「……你別會錯意，我不是為了你才出面。」

「哈哈哈，妳又在耍傲嬌。」

哎呀，真是的，哈哈哈哈，最近都沒聽到這種標準的傲嬌發言呢。

「傲嬌？這個詞彙不禁讓人發冷。」

……果然如此，雪之下不可能知道傲嬌是什麼，何況她又不會說謊。她不管說得多難聽，都是正確的事實。所以，她真的不是為了我而出面。

無妨，反正我不打算博得她的好感。

「倒是那份名單，下次你拿來給我看看，我幫你修改。」

雪之下對我綻放花朵般的笑容，可是我感覺不到任何溫暖。為什麼會這樣？好可怕，我好像看到眼前出現一隻老虎。

既然前面有隻老虎，我想後面應該有一匹狼吧，還是一匹馬（註37）？

「雪之下同學？我沒叫錯名字吧？醜話說在前頭，我可不會手下留情喔。妳是個大小姐吧？如果不想受傷，勸妳還是放棄比較好。」

我轉過頭，見到三浦把她的捲髮弄得更捲，還露出狂妄的笑容。

啊，三浦妳這個笨蛋！對雪之下挑釁等於死路一條啊。

「我會手下留情的，妳儘管放心。我會粉碎妳毫無價值的尊嚴。」

雪之下說完，露出無敵的笑容。至少對我來說是如此。

如果跟雪之下為敵，她無疑是個討厭鬼；但如果是同伴，便會非常值得信任。所以跟她為敵的人實在可憐。

葉山和三浦嚴陣以待。雪之下冷酷的笑意讓人不禁伸直背脊，但又忍不住覺得那張笑容無比美麗。

「你們膽敢欺負我的朋……」

說到這裡，雪之下的臉又稍微變紅。嗯，那個字眼的確很教人害羞。

她甩甩頭，重新說一次：

註37　「前虎後狼」為日本諺語，意指壞事不斷。

「……你們膽敢欺負我的社員，做好心理準備了嗎？話說在前頭，別看我這樣，我可是個很會記恨的人喔。」

看就知道妳很會記恨啦！

× × ×

所有角色到齊後，比賽進入真正的最後階段。

葉山和三浦取得先發，由蝴蝶夫人暨長捲髮三浦發球。

「我說啊，雪之下同學應該也知道啦，我的網球球技可是很厲害喔。」

她不斷將球丟到地面再接起來，像是籃球選手在運球，但雪之下只是用眼神催她說下去。

三浦咧開嘴，展現和雪之下截然不同、充滿攻擊性的野獸笑容。

「如果讓妳的臉受傷，我先說聲抱歉囉。」

……哇啊，好可怕！我第一次聽到有人做出這種危險預告。

突然之間，球咻地劃破空氣，彈到地上發出輕脆聲響。

網球高速襲向雪之下左側，這一球幾乎壓到左側邊線，對於右撇子的雪之下來說，無疑是在揮拍範圍外。

「……太小看我了。」

不過雪之下已經做好反擊準備。她左腳踏出一步作為軸心，以華爾滋般的動作轉圈，再用右手反手接球。

那姿勢有如拔刀一閃。

網球在三浦的腳邊彈起，讓她小聲慘叫一下。那是令人瞠目結舌的超高速Ace球。

「你應該不知道，我也很會打網球。」

雪之下拿起球拍指向三浦，冰冷的視線宛如看著蝨子。三浦退後一步，以混雜畏懼和敵意的眼神瞪回去，微微扭曲的嘴角吐出詛咒。能讓有如女王的三浦露出那種表情，雪之下真恐怖。

「……剛剛那球妳竟然打得回去。」

先前三浦還吹噓可能會傷到雪之下的臉，但雪之下不受任何影響，直接以準確的還擊得分作為回應。

「因為她的樣子和對我惡作劇的同學一模一樣，我早已看透她們低俗的想法。」

雪之下得意洋洋地笑著，開始發動攻擊。她甚至將防禦化為攻擊，「攻擊是最大的防禦」這類觀念並不適用在她身上，而是防禦本身就是攻擊。她發的球確實飛向對方球場，對方擊回來的球也一樣全被打出去。

她精湛的球技令觀眾神魂顛倒。

「哇哈哈哈哈！我軍簡直是壓倒性勝利！殺他個片甲不留！」

材木座發現有希望獲勝，又突然出現在球場邊，傾全力當牆頭草，真的會被他氣死。不過，他既然重新站在我們這邊，代表情勢已經逆轉。

我和由比濱上場時還處於劣勢，現在觀眾已轉而支持雪之下。應該說，大部分男生開始用愛慕的眼神看著雪之下。

雪之下所屬的科系特殊，幾乎沒人知道她的本性。更何況她擁有那般美貌，再加上她帶有一種神祕感，因此給人高不可攀的感覺。和她對話與其說是恐怖，比較像是不該做出那種事。

所以輕鬆打破這道禁忌的由比濱，的確是勇氣過人，另外也因為她實在是笨得可以。

但她表裡如一、直來直往的個性，和坦率的溫柔打動了雪之下。除了由比濱，沒有其他人能把雪之下拉來這裡。為了堅強的由比濱，雪之下正全力應戰。若是我去拜託她，她八成不會答應幫忙。

沒過多久，先前被拉開的比數便追回來。

雪之下像一隻妖精馳騁在球場上，她的步法彷彿在跳舞，是這個舞台上最棒的表演。像我這種跑龍套的人，只能偶爾無力地還擊。我每次揮拍時，觀眾的眼神都如同在說「閃邊去啦」，真傷人。

目前又輪到雪之下發球，觀眾的期望終於得到回應。

她緊握網球，高高拋向天空。球像是被吸上藍天一般，往場中央偏去，距離雪之下的位置十分遙遠。

這一刻，大家都以為她發生失誤。

但雪之下開始奔跑。

她踏出右腳，然後是左腳，最後雙腳一蹬。那腳步之輕快，宛如斷奏一般。

她華麗地躍入空中，像是翱翔的鷹隼，場邊觀者無一不感到內心大受撼動。那是一種純粹的美，而且非常快速。大家絲毫不敢眨一下眼睛，只想把這一幕永遠烙印在記憶裡。

啪——這一聲格外響亮。網球已經滾落在地，但我、觀眾、葉山還有三浦，所有人都動彈不得。

「……跳、跳躍發球。」

我幾乎陷入呆滯，雪之下破天荒的行為讓我張口結舌。她不但一個人追回落後的分數，目前還領先兩分。只要再拿下一分，我們便獲勝。

「妳太強了，這樣便能輕鬆拿下勝利。」

我坦然表達內心的想法，雪之下卻皺起眉頭。

「我也很想……但已經不行了。」

我正要問她是什麼不行，葉山已準備要發球。

沒差，反正等一下她再來個 Ace 球，我們就贏了。我並非掉以輕心，而是單純相信我們會贏，所以從容地等待對方發球。

葉山顯得意志消沉，他發的球沒有剛才強勁，僅是球速稍快的一般發球。

這球飛到我和雪之下中間。

「雪之下。」

我把這球交給雪之下應對，但她沒有任何動作，結果球發出「砰」的一聲，無精打采地從我們之間彈出。

「喂，妳怎麼了？」

「比企谷同學，我可以自吹自擂一下嗎？」

「什麼事？還有剛剛那球妳怎麼啦？」

雪之下不理會我的問題，她長嘆一聲，直接坐到球場上。

「我啊，從小就什麼事都一學便會，結果沒有一件事能一直持續下去。」

「妳突然胡說什麼？」

「曾經有人教我打網球，但我僅學三天便贏過他。大部分的運動，不，不只是運動，音樂之類的也一樣，我都只要三天便能學會。」

「這是變相的半途而廢吧？不對，妳還真的是在炫耀啊！到底想說什麼？」

「……我唯一沒自信的，只有體力。」

砰——網球彈過雪之下身旁，發出無力的聲音。

現在才說好像太晚了。

雪之下幾乎是無所不能，所以從未堅持某項事物、從未對某項事物持之以恆。這導致她非常缺乏體力，嚴重到成為她的致命弱點。這麼說來，午休練習時，她也只是在旁觀看。若稍微想一下，便會發現這完全合乎邏輯。如果想變強就會練習，練習時間一長，體力自然會跟著變好，但要是一開始就精通十八般武藝，自然不會持續練習，體力也不可能會好。

「等一下，妳講這麼大聲……」

我看向葉山和三浦，野獸女王果然露出猙獰的笑容。

「我都聽到囉！」

三浦的口氣充滿攻擊性，宛如要一吐剛才的怨氣，一旁的葉山也發出笑聲。

情況糟糕透頂。我們才領先不久，馬上又被追成平分。

我們這群菜鳥的比賽規則不太一樣，進入 deuce 狀態後，必須比到其中一方領先二分才算勝利。

可靠的雪之下體力耗盡無法再戰，敵隊也知道這件事。先前的比賽已經證明，我的發球攻擊對他們不管用。就算發出好球，也會被他們輕鬆打回來。

「你們剛剛那麼囂張，現在沒戲唱了吧？」

面對三浦的挑釁，我沒什麼話好說。雪之下已無法再參與比賽，甚至累得前後晃著身體打起瞌睡。妳是飛影嗎？

三浦從喉嚨深處發出呵呵怪笑聲，還很不屑地看著我們。她正在思索該如何解決我們，眼神像蛇一樣。所以妳到底是哪來的大蟒蛇？

葉山察覺到狀況不對，出言緩和氣氛。

「大家都已這麼努力，不用太認真啦。大家都打得很開心，比賽算平手吧？」

「你胡說什麼啊，隼人？比賽就是要做出了斷才行！」

換句話說，三浦想要戰勝我們，名正言順地從戶塚手上搶走網球場。但她用「做出了斷」這個詞未免太可怕……我會被處罰嗎？不要啊，我最怕痛。

正當我觀察著情勢會如何發展時，聽到旁邊傳來咂舌聲。

「妳能不能安靜一點？」

雪之下的聲音聽來非常不高興。在三浦回嘴前，她又繼續說道：

「這個男的會贏，你們乖乖認輸吧。」

大家都懷疑自己是不是聽錯了，當然我也包括在內，而且我還是最驚訝的人。眾人目光聚集到我身上。過去在跟不在沒什麼兩樣，甚至被質疑為什麼會在場上的我，存在價值突然暴增。

我和材木座對上眼。你豎起大拇指幹嘛？

我和戶塚對上眼。你在期待什麼？

我和由比濱對上眼。不要那麼大聲幫我加油，丟臉死了！

我和雪之下對上眼，然後她別過頭，把球扔給我。

「你知道吧？我會罵人，也會說很難聽的話，但從來不會說謊。」

風停下來，所以那句話我聽得很清楚。

是啊，我知道。會說謊的人，只有我和他們而已。

× × ×

在幾近異常的寂靜中，只有網球「咚、咚」敲擊地面的聲音。

在這獨特的緊張感中，我將意識集中至內心最深處。

我辦得到、我辦得到——我要自己如此相信。不，我要相信自己。

因為我是不會輸的。

校園生活盡是悲傷痛苦和討厭的事，根本沒有半件好事，但我依然獨自撐過來；苦悶悲慘的青春歲月，我也是一個人撐過來。因此，我怎麼可能輸給一路上受到那麼多人支持的傢伙？

午休時間即將結束。

平常這個時候，我應該正在網球場前方的保健室旁，剛吃完自己的午餐。

由比濱和我說話、我初次和戶塚交談的那個地方、那個時間閃過腦海。

我把心思專注於耳朵。

現在我聽不見三浦的嘲諷和觀眾的喧囂。

咻……

我聽見了。整整一年，恐怕只有我聽過這個聲音。

這一剎那，我發球出去。

這一球疲軟無力，還有些飄浮感。

我看到三浦高興地衝過去，葉山迅速援護她。我也看到觀眾們露出失望的神情，戶塚稍微垂下視線。我無視緊握拳頭的材木座，和握住雙手祈禱的由比濱對上視線。最後，映入我眼底的是雪之下誇耀勝利的笑容。

網球缺乏力道，晃出一道虛弱的軌跡。

「好啊！」

三浦發出蛇一般的聲音，來到球的落點。

這時候，一陣風吹起。

三浦，妳一定不知道。

每天午後，總武高中附近會吹起特殊的海風。

那顆球受到海風影響，大幅改變方向，偏離三浦所在的位置，落到球場邊界。

但是，葉山已經跑向那裡。

葉山，你一定也不知道。

這陣風不只吹起一次。

只有這一年來，在那裡孤孤單單、不和任何人交談、安靜度過的我才知道。也只有那陣風瞭解我的孤獨，以及那段寂靜的時光。

這是除了我以外，沒有第二個人打得出來的「魔球」。

彈起的球再次被第二陣風改變方向。

砰——網球就那樣落向球場角落，然後滾出場外。

所有人閉口不語，豎起耳朵、睜大雙眼。

「對喔，我曾聽說過……能夠自由自在操縱風的傳說之技，『風之繼承者・風精惡戲（Eulen Sylpheed）』！」

只有材木座大放厥詞，真是一點也不識相。

你別亂取名字好嗎？氣氛都被搞砸了。

「怎麼可能……」

三浦錯愕地喃喃自語，觀眾也開始發出騷動聲，最後逐漸形成「風精惡戲？」「風精惡戲！」這種聲浪。拜託，你們別當真啦。

「我輸了……真的是『魔球』啊。」

葉山對我一笑，好像認識多年的老友。我看著他的笑容，只能緊握網球，杵在原地不動。

因為我真的不曉得該說什麼。

結果，我脫口說出很沒來由的話。

「葉山，你小時候打過棒球嗎？」

「有啊，滿常打的。為什麼這麼問？」

葉山對這突如其來的問題感到詫異，但還是回答我。或許他真的是個好人。

「你們幾個人打？」

「啊？棒球要湊滿十八個人才行吧。」

「說的也是……不過，我經常一個人打棒球喔。」

「咦？那是什麼意思？」

就算說了，你也不會明白。

而且不只有這件事。

你能明白獨自在熱得要命的盛夏，和手指快冰凍的雪季，騎腳踏車上下學的痛苦嗎？你們只會聚在一起說些好熱啊好冷啊真不敢相信什麼的來轉移重點，但我可是一個人熬過來。

你能明白每次考試都無法跟別人確認考試範圍，只能默默埋頭苦幹，並且獨自承受考試結果的恐怖嗎？你們只會湊在一起對答案、比成績然後笑對方是笨蛋或書呆子來逃避現實，但我可都是一個人面對。

如何？這就是我的強韌。

我縱情做出發球的姿勢。

我彎曲身體，彷彿射箭前的拉弓姿態，然後將網球高高拋起，雙手緊握球拍拉到頸部之後。

湛藍的天空、即將結束的春天、腳步已不遠的初夏——我要全部打得遠遠的。

「該死的青春～～～～～～～～～～～～～～～～～」

我將落下的球狠狠往上揮出去。

球正好命中球拍最堅硬的框架，發出「喀」一聲之後，像是要被吸進藍天一般往上飛。

球越飛越高，在遠方變成一個比米粒還小的圓點。

「那、那是……『翱翔天際的破壞神・隕鐵滅殺（Meteor Strike）』！」

材木座激動地探出身體喊道。所以你到底為什麼要取那些名字？

隕鐵滅殺……大家跟著沉吟。為什麼連你們都接受那個名字啦！

這沒有什麼了不起，不過是個捕手接殺的高飛球罷了。

我來說明吧。我小時候沒有什麼朋友，所以發明出「單人棒球」這種全新運動，自己投球、自己打擊、自己當捕手。為了能長時間遊玩，我又費盡苦心研究，終於發現超高的高飛球可以讓我獲得最久的樂趣。

其他規則還有：接殺就算出局，漏接的球彈到地面一次再接起來視為安打，如果打得太遠算是全壘打。這種比賽的缺點在於，如果對攻防其中一方投入感情，便會變成單方面屠殺，因此必須像單人猜拳一樣，達到無私的境界才玩得起來。各位好孩子千萬不要模仿，還是去找朋友打棒球吧。

然而，那正是我孤獨的象徵，亦是最強的武器。

從虛空降臨，給予歌頌青春者制裁的鐵鎚。

「那、那是什麼？」

三浦呆愣地盯著眩目的天空。

葉山也一樣，不過他驚覺到某件事。

「優美子！快退後！」

他對呆愣在原地的三浦大叫。

果然發現啦……不過，已經太遲。

空中的網球逐漸失去動力，又受到重力牽引，當兩者力量達到均等，網球頓時定住。

接著，那股平衡瓦解，位能轉為動能，網球變成一個自由落體。球著地的瞬間，會將能量一口氣爆發出來。

磅！網球結束漫長的空中之旅，落地時捲起漫天沙塵。

接著，球又彈到空中。

三浦試圖回擊，在沙塵中盲目追球。只見網球彈到球場後方，搖搖晃晃地朝鐵網而去。

——啊，糟糕！三浦會撞上鐵網！

「糟糕！」

葉山丟下球拍衝向鐵網。

來得及嗎？來得及嗎？

兩人的身影消失在沙塵中。

現場陷入短暫的無聲狀態。

咕嚕……有人吞一口口水，這聲音說不定是我自己發出來的。

沙塵終於消散，兩人的身影從中出現。

只見葉山的後背撞上鐵網，緊抱著三浦保護她。三浦則紅著臉，縮起身子揪住葉山的衣襟。

那一刻，所有人都高聲歡呼，掌聲如雷貫耳。

三浦縮在葉山懷中，葉山輕撫她的頭，讓她的臉更紅。

滿場觀眾一哄而上，把他們兩人團團圍住。

「葉・山・好・帥！葉・山・好・帥！」

午休結束的鈴聲充當配樂響起。依照這發展看來，那兩人應該會接吻然後帶出工作人員名單。

大家像是看完一齣大戲，還是一齣精采的青春戀愛喜劇，內心充滿莫名的成就感和某種虛脫感。

眾人一邊歡呼一邊把兩人拋起，往校舍方向離去。

ＦＩＮ。

搞什麼鬼？

×　×　×

網球場上只剩下我們。

「這算是打贏球賽、輸了比賽吧？」

雪之下頗感無趣地說道，我不禁笑了。

「別胡說八道，我和他們本來就沒得比。」

主角永遠屬於歌頌青春的傢伙。

「嗯，說的也是。如果不是自閉男，事情也不會變成這樣。明明獲勝卻被忽視，真是有夠可悲。」

「喂，由比濱，妳講話最好注意一點，坦率的感想有時比惡意的言論還傷人。」

我瞪向由比濱，但她毫無愧疚之意。

也罷，她又沒說錯，所以不需要愧疚。

葉山和三浦那些人，一開始就不在乎這場比賽。即使他們慘敗，也只會把這件事寫進青春美好的一頁，一輩子好好珍藏。這點才讓人感到恐怖。

搞什麼鬼嘛！青春什麼的給我爆炸吧！

「真受不了，葉山算什麼？如果我的生長環境不同，也能變得跟他一樣！」

「那就不是你了……不過，我也認為你砍掉重練比較好。」

雪之下含蓄地叫我去死，還用冷漠的視線看我。

「可、可是，那個……該說好在是自閉男嗎？那樣……也沒什麼不好……」

由比濱支支吾吾地說道，話都含在嘴裡，我完全聽不清楚。講話要大聲一點，難道妳是在服飾店被店員搭話的我嗎？

不過，雪之下似乎聽得很清楚。她露出微笑，靜靜點頭。

「嗯，的確有人被你那種邪門歪道所拯救，真是遺憾。」

她移動視線，看向拖著擦傷的腿緩慢行走的戶塚，和如同跟蹤狂尾隨在後的材木座。

「八幡，幹得好，不愧是我的夥伴。但是，我們總有一天還是得分出高下……」

我無視不知為何看向遠方自言自語的材木座，轉而向戶塚開口。

「你的傷沒事吧？」

「嗯……」

這時，我注意到自己身邊只剩下男性。不知道是不是材木座出現的關係，雪之下和由比濱早已不聲不響地消失。

葉山得到美女相伴的完美結局，像是詹姆士・龐德；為什麼我卻像「天龍特攻隊」那樣，落得只有男人作陪？不公平啊！

難道愛情喜劇只是都市傳說嗎？

「比企谷同學……那個，謝謝你。」

戶塚站在我面前，直視我的雙眼道謝。他一說完，又不好意思地撇開視線。我真的很想抱住他然後親下去，但他是個男生啊……

這種愛情喜劇絕對有問題，而且戶塚的性別不太對。順帶一提，戶塚其實搞錯道謝的對象。

「我什麼都沒做，要道謝就去跟……」

我環顧四周，尋找那兩人的身影，然後在網球社社辦旁發現輕巧晃動的雙馬尾。

原來在那裡。

我打算向她們道謝，於是往該處走去。

「雪之……啊。」

結果，她正在換衣服。

她的襯衫敞開，黃綠色內衣隱約可見。雖然下半身還穿著網球裙，但那種對比反而襯出她勻稱纖瘦的身材。

「你、你你你你——」

幹什麼啦！我正在專心欣賞不要吵好不好如果忘掉了要怎麼辦等等為什麼由比濱也在這裡？

她也正在換衣服。

由比濱似乎習慣從下面開始扣釦子，所以現在胸前大開，看得見粉紅色內衣和乳溝。她單手拿著裙子要給雪之下，換句話說就是下半身沒穿的意思。和內衣同款式的粉紅色內褲下方，便是她修長的大腿，腳尖處則以深藍色長襪包覆。

「你給我去死！」

由比濱用力往我臉上揮擊球拍，發出「砰」的一聲。

……沒錯，青春戀愛喜劇就是要這樣才對。

幹得好，愛情喜劇之神。咳！

畢業發展調查表

總武高級中學　2年J班

姓名

雪之下雪乃

男・(女)

座號　38

請寫下你的信念。

絕對正義。

你在畢業紀念冊寫下什麼夢想？

繼承父親的地盤。

為了將來，你現在做了哪些努力？

鑽研人心掌握術。

師長建議：

老師很欣賞妳的直率，但要不要考慮其他選擇？
還有，妳的人心掌握術很差。
請繼續加油吧。

「小雪乃好帥喔……」

「討厭鬼討厭鬼討厭鬼討厭鬼討厭鬼討厭鬼討厭鬼！」

8 然後比企谷八幡開始思考

青春。

區區兩個字，卻能如此撼動人心。它讓踏出社會的大人勾起甜蜜的痛苦與鄉愁，讓二八年華的少女無限憧憬，更讓我這樣的人嫉妒又憎恨不已。

我的高中生活並不如前面提到的美麗多彩，而是個蒼白且灰暗的黑白世界。我進入高中的那天就發生交通意外，這段日子註定要過得慘澹。入學後的生活不外乎來回住家和學校，假日則前往圖書館，完全沒有時下高中生該有的樣子。愛情喜劇之類的東西，我根本不可能沾得上邊。

但我並未感到一絲後悔，甚至引以為傲。

因為我很快樂。

流連於圖書館，讀完長篇奇幻小說；偶然在深夜打開收音機，沉醉於節目主持人的談吐；從文字支配的電子之海中找到溫馨的作品……正是因為我過著那樣的生活，才得以發現、邂逅這些事物。

一次又一次的發現和邂逅，都讓我滿懷感謝與感動，甚至為此流淚。我不曾流下悲嘆的淚水。

我絕對不會否定那段名為高一的青春歲月。我會大力肯定它，未來也不可能改變這個想法。

然而，我也要說，這不代表我否定其他人、否定所有歌頌青春者的生活。

他們處於青春的顛峰，即使是失敗，他們也能看成是美好的回憶；即使發生爭吵與不和，終究會化為一時的煩惱。

透過他們的青春濾鏡，整個世界將變得不一樣。

這樣看來，我的青春時期或許也帶有愛情喜劇的色彩。說不定我的青春沒有任何錯誤。

那麼，我現在所處的位置，是否也會有充滿光輝的一天？我的這雙死魚眼也是。會抱持這種期待，代表我的內心有某種東西正在萌生。

沒錯，在侍奉社的日子裡，我學到一件事。

結論是……

我寫到這裡時把筆放下。

放學後，教室裡只剩下我一個人。我伸伸懶腰，發出「嗯～～」的聲音。

我不是被欺負，而是在寫平塚老師要我重寫的作文。我是說真的喔，我真的沒有被欺負。

直到中間的段落都寫得很順，關於結論卻遲遲沒有靈感，才會耗到這麼晚。剩下的拿去社辦寫吧……

我迅速將稿紙和文具收進書包，離開空蕩蕩的教室。

通往特別大樓的走廊上空無一人，只有體育社團的吶喊聲不斷迴盪。

今天雪之下應該也會在社辦看書。那樣一來，我便能專心寫作文，不受任何人打擾。

反正那個社團根本沒在做什麼事。

雖然偶爾會有奇怪的傢伙造訪，但那種情況非常少見。大部分學生有煩惱的話，都會找親近的友人吐露，或自己忍在心裡。

那或許是正確也是大家該採用的方法，但有些傢伙就是辦不到，例如我或雪之下或由比濱或材木座。

友情、戀愛、夢想等諸多事情，對許多人來說是美好的。說不定連苦惱著猶豫不決的樣子，看起來也很耀眼。

有人說，那就是所謂的青春。

但是，性格扭曲的人會認為，那不過是喜歡沉浸於「青春」的自己而已。

至於我妹妹，大概會說：「青春？那是你看到的光嗎？」那是青雲啦，妳看太多

「笑點」了（註38）。

× × ×

我打開社辦的門，見到雪之下一樣坐在老地方，以一如往常的姿勢讀書。

她聽到門發出咯吱聲而抬起頭。

「哎呀，我以為你今天不會來社辦。」

雪之下將書籤夾入文庫本。這個反應和一開始無視我、繼續看自己的書相比，已算是大有進步。

「不，我也想放個假啊，但有件事得處理。」

我走到雪之下斜前方，拉開長桌對角的椅子坐下。這是我們兩人習慣的座位。

我從書包拿出稿紙，雪之下觀察一會兒後，不悅地皺起眉頭。

「……你把這個社團當成什麼？」

「妳還不是只在看書。」

我說完，雪之下不悅地別過頭，看來今天也沒有人前來委託。

寂靜的社辦裡，只聽得見秒針的滴答聲。對喔，好久沒有這麼安靜，八成是因為老是吵吵鬧鬧的傢伙不在場。

註38　小町說的是日本香堂的廣告曲歌詞。「笑點」則為日本的長青搞笑綜藝節目。

「由比濱呢？」

「她說要和三浦同學她們出去玩。」

「是喔……」

真意外。不過，其實也還好啦，畢竟她們本來就是朋友，而且從那次網球比賽後，三浦的態度明顯柔和許多，可能是因為由比濱變得敢說出內心話的緣故。

「倒是比企谷，今天你的夥伴沒有一起來嗎？」

「戶塚去參加社團。或許是妳的特訓奏效，他現在很熱衷於社團活動。」

所以也變得不太理我，真可悲。

「我說的不是戶塚同學，是另一位。」

「……誰？」

「還問是誰……總是躲在你身邊的那位啊。」

「喂，別說得那麼恐怖……妳該不會有靈異體質吧？」

「……唉，竟然能扯到幽靈，真是愚蠢。那種東西根本不存在。」

雪之下嘆一口氣，用「要不要我讓你變成幽靈」的眼神看我。這種對話有點懷念呢。

「我講的是那一位。他叫財什麼……財津同學嗎？」

「喔，材木座啊，他不是我的夥伴。」

甚至連稱不稱得上是「朋友」都很難說。

「他說『今天得進修羅場……抱歉，我要以截稿日為優先』，然後就回家了。」

「他只有說話的口氣像個暢銷作家……」

雪之下低喃，毫不掩飾厭惡之情。

不不不，妳也為必須讀他作品的人想想吧。他完全不寫內容，卻先拿插畫設定和劇情大綱給我看耶！還說：「喂，八幡！我有新點子！女主角是橡膠人，女配角可以把女主角的能力無效化！這一定能大賣！」白痴，這哪是新點子，根本是老掉牙的設定，而且是抄襲吧！

就結局看來，我們只是在那個黏答答的群體中待一會兒，之後又回到各自的容身之處。這是一生僅有一次的緣分。

不過，要說這裡是我和雪之下的容身之處，我想也不是如此。我們的對話有一句沒一句，內容又不著邊際，依舊有點尷尬。

「我進來囉。」

這時，門「喀啦」一聲打開。

「……唉。」

雪之下似乎已經死心，扶著額頭輕聲嘆氣。原來如此，寂靜的空間被突然響起的開門聲破壞，的確會想出言抱怨。

「平塚老師，請您進來之前先敲門。」

「嗯？這不是雪之下的台詞嗎？」

平塚老師露出不可思議的表情，隨手拉出一張椅子坐下。

「有什麼事？」

雪之下問道，平塚老師的眼睛便像少年般閃閃發光。

「我要來公布目前的比賽戰況。」

「喔，那個啊……」

我都忘了。應該說我覺得我們連一件事都沒解決，會忘記也是理所當然的。

「目前你們各自獲得兩勝，算是平手。嗯，雙方不相上下的比賽正是格鬥漫畫的精華……不過我本來是期望看到比企谷的死亡讓雪之下覺醒啦。」

「為什麼我會死啊……請問，我們明明沒有解決什麼問題，怎麼會有兩勝？而且來委託的人只有三個。」

她不會算術嗎？

「根據我的計算，有四個人沒錯。我說過了，這是以我的主觀和偏見論定。」

「『自己說了算』的規則能發展到這種程度，真是厲害……」

她是胖虎嗎？

「平塚老師，能告訴我們您是如何判斷勝利的嗎？正如同剛才那個人所說，我們並沒有解決任何一名委託者的煩惱。」

「嗯……」

被雪之下一問，平塚老師陷入沉默，稍微思索一下。

「這個嘛……煩惱的『惱』是『心』部，並且在『心』旁邊寫一個『囟』，在『囟』字上頭加上蓋子。」（註39）

「這是哪個B班的梗？」（註40）

「煩惱往往藏在真心旁。也就是說他們來諮詢的內容，不一定是他們真正的煩惱。」

「第一段根本是多餘的。」

「也沒什麼特別的意義。」

平塚老師遭到我和雪之下無情吐槽，顯得有些喪氣。

「這樣啊……虧我還努力想一下……」

總而言之，勝敗是由老師說了算。

老師來回看著我和雪之下，有些鬧彆扭地說：

「真是的……你們互為敵人，感情還那麼好……簡直像一對老朋友。」

「哪裡像……我才不可能和這個男的當朋友。」

雪之下聳聳肩。我以為她會斜眼瞪我，想不到她根本不看我。

「比企谷，你用不著沮喪，有句俗話說『再苦的菜也有蟲喜歡』。」

老師如此安慰我。我沒有沮喪啊……可是，為什麼這份溫柔會讓我覺得難受？

註39 「惱」的日文漢字為「悩」。

註40 暗指日本電視劇「三年B班金八老師」。

「的確……」

雪之下竟然出聲附和。等一下，害我意志消沉的人就是妳耶！

但雪之下不會說謊，也不會偽裝自己的心意，所以她的話一定能信。

她的臉上露出溫柔的微笑，開口說道：「總有一天，你也會遇見喜歡你的蟲。」

「至少說是可愛的動物吧！」

我真謙虛，竟然沒要雪之下說是人。

傲慢的雪之下握住拳頭，露出一副「怎麼樣」的勝利表情。她的眼睛閃閃發亮，看來逞得口舌之快讓她很高興，但我這個苦主可是一點也不高興。

我說啊，和女生講話時，不是應該要嘻嘻哈哈、你儂我儂外加親來親去嗎？真是奇怪。我要記下這一閃而過的心情，於是拿起自動鉛筆。

這時，雪之下湊過來看。

「對了，你到底在寫什麼？」

「少囉唆，不關妳的事！」

接著我大筆一揮，寫下最後一行字：

——果然我的青春戀愛喜劇搞錯了。

（完）

後記

好久不見，我是渡航。還有，初次見面，我是渡航。

這麼說雖然很唐突，可是，其實大家一般說的「青春」並不正確，那都是謊言。例如，穿著制服和可愛的女友去LaLaPort（註41）約會；透過朋友的介紹，和別校女同學一起吃飯等等，都是不可能發生的事。那些只是虛構的故事。

「※本作品純屬虛構，與實際存在之事件、人物、團體並無關係。」通常青春戀愛喜劇都會在最後這樣寫吧？

換句話說，那種青春戀愛喜劇都是胡扯，大家被騙了。

真正的青春，應該是放學後兩個男生去薩◯亞，只點佛卡夏和飲料坐到深夜，天南地北地說別人或學校的壞話混時間，那才是真正的青春。這是我的親身經驗，所以絕對不會錯。

不過，我不討厭那樣的青春。

把哈密瓜汽水和橘子汁混在一起，高興地取名為「哈橘汁」；畢業旅行時，四個男生在麻將桌上廝殺；目睹心儀的女孩和男友打打鬧鬧而陷入沉默……現在回想起來，那都是美好的回憶。

註41　日本的大型購物中心。

抱歉，我說謊，其實我超討厭的。我也很想穿著制服和高中女生約會，直到現在還是很想！

我就是以這樣的心情寫下這部作品。若您喜歡，我會非常高興。

最後容我表達一些謝意。

我的責編星野大人，若要寫完對您的感激之情，我可以寫上滿滿一本書，因此我決定省略。總之，大大小小各種事情都蒙您關照，真的非常感謝。

ponkan⑧大人，謝謝您畫出這麼可愛又充滿魅力的插畫。每當我感到氣餒，都能從這些插畫得到力量。把這份工作委託給您，真是太好了。謝謝您。

與我素未謀面卻為我寫書腰推薦文的平坂讀大人（註42），當我快被不安與擔心擊垮時，您的推薦文賜予我勇氣。謝謝您。

我的朋友，怎麼每次見面時你都只會聊錢的話題啊！真讓我失望！講點近況好嗎？

還有各位讀者。因為各位，作家渡航才得以存在。各位送來的字字句句都給予我活力，真的非常感謝。

最後是高中時期的我，因為有你那些抱怨無聊和無趣、彷彿不肯認輸的話，這部作品才得以問世。請你抬頭挺胸，你的青春確實不太對勁，但絕對是一條正途。

註42　此處指日本的書腰文案，平坂讀的推薦文為：「感覺一直被挖瘡疤，但實在太有趣了。就算沒有朋友也能得到活下去的勇氣！」

謝謝你。

那麼，關於這篇故事會不會有後續，目前仍是未知數。但我相信未來還能再見到大家，所以先讓我好好構思下次故事的劇情，暫且在此擱筆。

二月某日，於千葉縣某處，一邊懷念往昔的自己一邊啜飲甜甜的咖啡　渡航

國家圖書館出版品預行編目資料

果然我的青春戀愛喜劇搞錯了。1/ 渡航 著：賴逸安、涂祐庭譯
—1版.—臺北市：尖端出版，2012.10
面 ； 公分.—(浮文字)
譯自:やはり俺の青春ラブコメはまちがっている。
ISBN 978-957-10-5016-4(平裝)

861.57　　101015957

浮文字

果然我的青春戀愛喜劇搞錯了紀念套書（1～3）

（原名：やはり俺の青春ラブコメはまちがっている。1～3 スペシャルパック）

作者／渡航　封面插畫／ponkan⑧　譯者／Runoka
發行人／黃鎮隆　副總經理／陳君平
副理／洪琇菁　國際版權／黃令歡
執行編輯／呂尚燁　美術編輯／李政儀　原書設計／original design：numata rina
企劃宣傳／邱小祐
出版／城邦文化事業股份有限公司　尖端出版
台北市中山區民生東路二段一四一號十樓
電話：（〇二）二五〇〇七六〇〇　傳真：（〇二）二五〇〇二六八三
E-mail：7novels@mail2.spp.com.tw
發行／英屬蓋曼群島商家庭傳媒股份有限公司城邦分公司　尖端出版
台北市中山區民生東路二段一四一號十樓
電話：（〇二）二五〇〇—七六〇〇（代表號）
傳真：（〇二）二五〇〇—一九七九
中彰投以北經銷／楨彥有限公司
電話：（〇二）八九一九—三三六九
傳真：（〇二）八九一四—五五二四
雲嘉經銷／智豐圖書股份有限公司　嘉義公司
電話：（〇五）二三三—三八五二
傳真：（〇五）二三三—三八六三
南部經銷／智豐圖書股份有限公司　高雄公司
電話：（〇七）三七三—〇〇七九
傳真：（〇七）三七三—〇〇八七
一代匯集／香港九龍旺角塘尾道六十四號龍駒企業大廈十樓B&D室
電話：（八五二）二七八三—八一〇二
傳真：（八五二）二七八二—一五二九
馬新總經銷／城邦（馬新）出版集團　Cite(M)Sdn.Bhd.
E-mail：Cite@cite.com.my
法律顧問／王子文律師　元禾法律事務所
台北市羅斯福路三段三十七號十五樓
二〇二〇年九月一版一刷

■中文版■

郵購注意事項：
1. 填妥劃撥單資料：帳號：50003021戶名：英屬蓋曼群島商家庭傳媒(股)公司城邦分公司。2. 通信欄內註明訂購書名與冊數。3. 劃撥金額低於500元，請加附掛號郵資50元。如劃撥日起 10～14日，仍未收到書時，請洽劃撥組。劃撥專線TEL：(03) 312-4212 ・ FAX：(03) 322-4621。E-mail：marketing@spp.com.tw